D1924798

Heinrich Heine, geboren am 13. Dezember 1797 in Düsseldorf, ist am 17. Februar 1856 in Paris gestorben.

Die zweite Sammlung Heinescher Lyrik, die 1844 in Hamburg erstmals erschien, war auf Anhieb so erfolgreich, daß die erste Auflage bereits vier Wochen nach der Auslieferung ausverkauft war.

Dem Verleger Campe war schon 1838 das Manuskript dieser Sammlung vorgelegt worden. Daß das Buch erst sechs Jahre später erscheinen konnte, lag daran, daß Gutzkow, der mit Campe eng liiert war, moralische Bedenken wegen der freien Gedichte auf Pariser Schönheiten äußerte: »Dichter der Reisebilder, man hat Dir viele Sünden vergeben, weil es Dornen an Rosen waren, aber diese Neuen, Heine, die nur Dornen sind, vergibt man Ihnen nicht.« Der 1839 veröffentlichte Brief führte zum Bruch zwischen Gutzkow und Heine, der unmißverständlich seinen künstlerischen Standpunkt darlegte: »Nur vornehme Geister, denen die künstlerische Behandlung eines frevelhaften und allzu natürlichen Stoffes ein geistreiches Vergnügen gewährt, können an jenen Gedichten... Gefallen finden... Nicht die Moralbedürfnisse irgendeines verheirateten Bürgers in einem Winkel Deutschlands, sondern die Autonomie der Kunst kommt hier in Frage...«

insel taschenbuch 1055

Heinrich Heine

Neue Gedichte

Heinrich Heine
Neue Gedichte

Deutschland. Ein Wintermärchen
Atta Troll

Herausgegeben von
Jonas Fränkel

Insel Verlag

insel taschenbuch 1055
Erste Auflage 1991
© dieser Ausgabe Insel Verlag Frankfurt am Main und Leipzig 1991
Hinweise zu dieser Ausgabe am Schluß des Bandes
Vertrieb durch den Suhrkamp Taschenbuch Verlag
Umschlag nach Entwürfen von Willy Fleckhaus
Satz: Hümmer, Waldbüttelbrunn
Druck: Nomos Verlagsgesellschaft, Baden-Baden
Printed in Germany

1 2 3 4 5 6 – 96 95 94 93 92 91

Neuer Frühling

PROLOG

In Gemäldegalerieen
Siehst du oft das Bild des Manns,
Der zum Kampfe wollte ziehen,
Wohlbewehrt mit Schild und Lanz.

Doch ihn necken Amoretten,
Rauben Lanze ihm und Schwert,
Binden ihn mit Blumenketten,
Wie er auch sich mürrisch wehrt.

So, in holden Hindernissen,
Wind ich mich in Lust und Leid,
Während Andre kämpfen müssen
In dem großen Kampf der Zeit.

I

Unterm weißen Baume sitzend,
Hörst du fern die Winde schrillen,
Siehst, wie oben stumme Wolken
Sich in Nebeldecken hüllen;

Siehst, wie unten ausgestorben
Wald und Flur, wie kahl geschoren; –
Um dich Winter, in dir Winter,
Und dein Herz ist eingefroren.

Plötzlich fallen auf dich nieder
Weiße Flocken, und verdrossen
Meinst du schon, mit Schneegestöber
Hab der Baum dich übergossen.

Doch es ist kein Schneegestöber,
Merkst es bald mit freudgem Schrecken;
Duftge Frühlingsblüten sind es,
Die dich necken und bedecken.

Welch ein schauersüßer Zauber!
Winter wandelt sich in Maie,
Schnee verwandelt sich in Blüten,
Und dein Herz es liebt aufs neue.

II

In dem Walde sprießt und grünt es
Fast jungfräulich lustbeklommen;
Doch die Sonne lacht herunter:
Junger Frühling, sei willkommen!

Nachtigall! auch dich schon hör ich,
Wie du flötest seligtrübe,
Schluchzend langgezogne Töne,
Und dein Lied ist lauter Liebe!

III

Die schönen Augen der Frühlingsnacht,
Sie schauen so tröstend nieder:
Hat dich die Liebe so kleinlich gemacht,
Die Liebe sie hebt dich wieder.

Auf grüner Linde sitzt und singt
Die süße Philomele;
Wie mir das Lied zur Seele dringt,
So dehnt sich wieder die Seele.

IV

Ich lieb eine Blume, doch weiß ich nicht welche;
Das macht mir Schmerz.
Ich schau in alle Blumenkelche,
Und such ein Herz.

Es duften die Blumen im Abendscheine,
Die Nachtigall schlägt.
Ich such ein Herz so schön wie das meine,
So schön bewegt.

Die Nachtigall schlägt, und ich verstehe
Den süßen Gesang;
Uns beiden ist so bang und wehe,
So weh und bang.

V

Gekommen ist der Maie,
Die Blumen und Bäume blühn,
Und durch die Himmelsbläue
Die rosigen Wolken ziehn.

Die Nachtigallen singen
Herab aus der laubigen Höh,
Die weißen Lämmer springen
Im weichen grünen Klee.

Ich kann nicht singen und springen,
Ich liege krank im Gras;
Ich höre fernes Klingen,
Mir träumt, ich weiß nicht was.

VI

Leise zieht durch mein Gemüt
Liebliches Geläute.
Klinge, kleines Frühlingslied,
Kling hinaus ins Weite.

Kling hinaus, bis an das Haus,
Wo die Blumen sprießen.
Wenn du eine Rose schaust,
Sag, ich laß sie grüßen.

VII

Der Schmetterling ist in die Rose verliebt,
Umflattert sie tausendmal,
Ihn selber aber, goldig zart,
Umflattert der liebende Sonnenstrahl.

Jedoch, in wen ist die Rose verliebt?
Das wüßt ich gar zu gern.
Ist es die singende Nachtigall?
Ist es der schweigende Abendstern?

Ich weiß nicht, in wen die Rose verliebt;
Ich aber lieb euch all:
Rose, Schmetterling, Sonnenstrahl,
Abendstern und Nachtigall.

VIII

Es erklingen alle Bäume,
Und es singen alle Nester –

Wer ist der Kapellenmeister
In dem grünen Waldorchester?

Ist es dort der graue Kiebitz,
Der beständig nickt, so wichtig?
Oder der Pedant, der dorten
Immer kuckuckt, zeitmaßrichtig?

Ist es jener Storch, der ernsthaft,
Und als ob er dirigieret,
Mit dem langen Streckbein klappert,
Während alles musizieret?

Nein, in meinem eignen Herzen
Sitzt des Walds Kapellenmeister,
Und ich fühl, wie er den Takt schlägt,
Und ich glaube, Amor heißt er.

IX

»Im Anfang war die Nachtigall
Und sang das Wort: Züküht! Zükühht!
Und wie sie sang, sproß überall
Grüngras, Violen, Apfelblüt.

»Sie biß sich in die Brust, da floß
Ihr rotes Blut, und aus dem Blut
Ein schöner Rosenbaum entsproß;
Dem singt sie ihre Liebesglut.

»Uns Vögel all in diesem Wald
Versöhnt das Blut aus jener Wund;
Doch wenn das Rosenlied verhallt,
Geht auch der ganze Wald zu Grund.«

So spricht zu seinen Spätzelein
Im Eichennest der alte Spatz;
Die Spätzin piepet manchmal drein,
Sie hockt auf ihrem Ehrenplatz.

Sie ist ein häuslich gutes Weib
Und brütet brav und schmollet nicht;
Der Alte gibt zum Zeitvertreib
Den Kindern Glaubensunterricht.

X

Es hat die warme Frühlingsnacht
Die Blumen hervorgetrieben,
Und nimmt mein Herz sich nicht in Acht,
So wird es sich wieder verlieben.

Doch welche von den Blumen alln
Wird mir das Herz umgarnen?
Es wollen die singenden Nachtigalln
Mich vor der Lilje warnen.

XI

Es drängt die Not, es läuten die Glocken,
Und ach! ich hab den Kopf verloren!
Der Frühling und zwei schöne Augen,
Sie haben sich wider mein Herz verschworen.

Der Frühling und zwei schöne Augen
Verlocken mein Herz in neue Betörung!
Ich glaube, die Rosen und Nachtigallen
Sind tief verwickelt in dieser Verschwörung.

XII

Ach, ich sehne mich nach Tränen,
Liebestränen, schmerzenmild,
Und ich fürchte, dieses Sehnen
Wird am Ende noch erfüllt.

Ach, der Liebe süßes Elend
Und der Liebe bittre Lust
Schleicht sich wieder, himmlisch quälend,
In die kaum genesne Brust.

XIII

Die blauen Frühlingsaugen
Schaun aus dem Gras hervor;
Das sind die lieben Veilchen,
Die ich zum Strauß erkor.

Ich pflücke sie und denke,
Und die Gedanken all,
Die mir im Herzen seufzen,
Singt laut die Nachtigall.

Ja, was ich denke, singt sie
Lautschmetternd, daß es schallt;
Mein zärtliches Geheimnis
Weiß schon der ganze Wald.

XIV

Wenn du mir vorüberwandelst,
Und dein Kleid berührt mich nur,

Jubelt dir mein Herz, und stürmisch
Folgt es deiner schönen Spur.

Dann drehst du dich um, und schaust mich
Mit den großen Augen an,
Und mein Herz ist so erschrocken,
Daß es kaum dir folgen kann.

XV

Die schlanke Wasserlilje
Schaut träumend empor aus dem See;
Da grüßt der Mond herunter
Mit lichtem Liebesweh.

Verschämt senkt sie das Köpfchen
Wieder hinab zu den Welln –
Da sieht sie zu ihren Füßen
Den armen blassen Geselln.

XVI

Wenn du gute Augen hast,
Und du schaust in meine Lieder,
Siehst du eine junge Schöne
Drinnen wandeln auf und nieder.

Wenn du gute Ohren hast,
Kannst du gar die Stimme hören,
Und ihr Seufzen, Lachen, Singen
Wird dein armes Herz betören.

Denn sie wird, mit Blick und Wort,
Wie mich selber dich verwirren;

Ein verliebter Frühlingsträumer
Wirst du durch die Wälder irren.

XVII

Was treibt dich umher, in der Frühlingsnacht?
Du hast die Blumen toll gemacht,
Die Veilchen, sie sind erschrocken!
Die Rosen, sie sind vor Scham so rot,
Die Liljen, sie sind so blaß wie der Tod,
Sie klagen und zagen und stocken!

O, lieber Mond, welch frommes Geschlecht
Sind doch die Blumen! Sie haben Recht,
Ich habe Schlimmes verbrochen!
Doch konnt ich wissen, daß sie gelauscht,
Als ich, von glühender Liebe berauscht,
Mit den Sternen droben gesprochen?

XVIII

Mit deinen blauen Augen
Siehst du mich lieblich an,
Da wird mir so träumend zu Sinne,
Daß ich nicht sprechen kann.

An deine blauen Augen
Gedenk ich allerwärts; –
Ein Meer von blauen Gedanken
Ergießt sich über mein Herz.

XIX

Wieder ist das Herz bezwungen,
Und der öde Groll verrauchet,
Wieder zärtliche Gefühle
Hat der Mai mir eingehauchet.

Spät und früh durcheil ich wieder
Die besuchtesten Alleen,
Unter jedem Strohhut such ich
Meine Schöne zu erspähen.

Wieder an dem grünen Flusse,
Wieder steh ich an der Brücke –
Ach, vielleicht fährt sie vorüber,
Und mich treffen ihre Blicke.

Im Geräusch des Wasserfalles
Hör ich wieder leises Klagen,
Und mein schönes Herz versteht es,
Was die weißen Wellen sagen.

Wieder in verschlungnen Gängen
Hab ich träumend mich verloren,
Und die Vögel in den Büschen
Spotten des verliebten Toren.

XX

Die Rose duftet – doch ob sie empfindet
Das was sie duftet, ob die Nachtigall
Selbst fühlt, was sich durch unsre Seele windet
Bei ihres Liedes süßem Widerhall; –

Ich weiß es nicht. Doch macht uns gar verdrießlich
Die Wahrheit oft! Und Ros und Nachtigall,
Erlögen sie auch das Gefühl, ersprießlich
Wär solche Lüge, wie in manchem Fall –

XXI

Weil ich dich liebe, muß ich fliehend
Dein Antlitz meiden – zürne nicht.
Wie paßt dein Antlitz, schön und blühend,
Zu meinem traurigen Gesicht!

Weil ich dich liebe, wird so bläßlich,
So elend mager mein Gesicht –
Du fändest mich am Ende häßlich –
Ich will dich meiden – zürne nicht.

XXII

Ich wandle unter Blumen
Und blühe selber mit;
Ich wandle wie im Traume,
Und schwanke bei jedem Schritt.

O, halt mich fest, Geliebte!
Vor Liebestrunkenheit
Fall ich dir sonst zu Füßen,
Und der Garten ist voller Leut.

XXIII

Wie des Mondes Abbild zittert
In den wilden Meereswogen,

Und er selber still und sicher
Wandelt an dem Himmelsbogen:

Also wandelst du, Geliebte,
Still und sicher, und es zittert
Nur dein Abbild mir im Herzen,
Weil mein eignes Herz erschüttert.

XXIV

Es haben unsre Herzen
Geschlossen die heilge Allianz;
Sie lagen fest aneinander,
Und sie verstanden sich ganz.

Ach, nur die junge Rose,
Die deine Brust geschmückt,
Die arme Bundesgenossin,
Sie wurde fast zerdrückt.

XXV

Sag mir, wer einst die Uhren erfund,
Die Zeitabteilung, Minute und Stund?
Das war ein frierend trauriger Mann.
Er saß in der Winternacht und sann,
Und zählte der Mäuschen heimliches Quicken
Und des Holzwurms ebenmäßiges Picken.

Sag mir, wer einst das Küssen erfund?
Das war ein glühend glücklicher Mund;
Er küßte und dachte nichts dabei.
Es war im schönen Monat Mai,

Die Blumen sind aus der Erde gesprungen,
Die Sonne lachte, die Vögel sungen.

XXVI

Wie die Nelken duftig atmen!
Wie die Sterne, ein Gewimmel
Goldner Bienen, ängstlich schimmern
An dem veilchenblauen Himmel!

Aus dem Dunkel der Kastanien
Glänzt das Landhaus, weiß und lüstern,
Und ich hör die Glastür klirren
Und die liebe Stimme flüstern.

Holdes Zittern, süßes Beben,
Furchtsam zärtliches Umschlingen –
Und die jungen Rosen lauschen,
Und die Nachtigallen singen. .

XXVII

Hab ich nicht dieselben Träume
Schon geträumt von diesem Glücke?
Warens nicht dieselben Bäume,
Blumen, Küsse, Liebesblicke?

Schien der Mond nicht durch die Blätter
Unsrer Laube hier am Bache?
Hielten nicht die Marmorgötter
Vor dem Eingang stille Wache?

Ach! ich weiß, wie sich verändern
Diese allzuholden Träume,

Wie mit kalten Schneegewändern
Sich umhüllen Herz und Bäume;

Wie wir selber dann erkühlen
Und uns fliehen und vergessen,
Wir, die jetzt so zärtlich fühlen,
Herz an Herz so zärtlich pressen.

XXVIII

Küsse, die man stiehlt im Dunkeln
Und im Dunkeln wiedergibt,
Solche Küsse wie beselgen
Sie die Seele, wenn sie liebt!

Ahnend und erinnrungsüchtig,
Denkt die Seele sich dabei
Manches von vergangnen Tagen,
Und von Zukunft mancherlei.

Doch das gar zu viele Denken
Ist bedenklich, wenn man küßt; –
Weine lieber, liebe Seele,
Weil das Weinen leichter ist.

XXIX

Es war ein alter König,
Sein Herz war schwer, sein Haupt war grau;
Der arme alte König,
Er nahm eine junge Frau.

Es war ein schöner Page,
Blond war sein Haupt, leicht war sein Sinn;

Er trug die seidne Schleppe
Der jungen Königin.

Kennst du das alte Liedchen?
Es klingt so süß, es klingt so trüb!
Sie mußten beide sterben,
Sie hatten sich viel zu lieb.

XXX

In meiner Erinnrung erblühen
Die Bilder, die längst verwittert –
Was ist in deiner Stimme,
Das mich so tief erschüttert?

Sag nicht, daß du mich liebst!
Ich weiß, das Schönste auf Erden,
Der Frühling und die Liebe,
Es muß zu Schanden werden.

Sag nicht, daß du mich liebst!
Und küsse nur und schweige,
Und lächle, wenn ich dir morgen
Die welken Rosen zeige.

XXXI

»Mondscheintrunkne Lindenblüten,
Sie ergießen ihre Düfte,
Und von Nachtigallenliedern
Sind erfüllet Laub und Lüfte.

»Lieblich läßt es sich, Geliebter,
Unter dieser Linde sitzen,

Wenn die goldnen Mondeslichter
Durch des Baumes Blätter blitzen.

»Sieh dies Lindenblatt! du wirst es
Wie ein Herz gestaltet finden;
Darum sitzen die Verliebten
Auch am liebsten unter Linden.

»Doch du lächelst, wie verloren
In entfernten Sehnsuchtträumen –
Sprich, Geliebter, welche Wünsche
Dir im lieben Herzen keimen?«

Ach, ich will es dir, Geliebte,
Gern bekennen, ach, ich möchte,
Daß ein kalter Nordwind plötzlich
Weißes Schneegestöber brächte;

Und daß wir, mit Pelz bedecket
Und im buntgeschmückten Schlitten,
Schellenklingelnd, peitschenknallend,
Über Fluß und Fluren glitten.

XXXII

Durch den Wald, im Mondenscheine,
Sah ich jüngst die Elfen reuten;
Ihre Hörner hört ich klingen,
Ihre Glöckchen hört ich läuten.

Ihre weißen Rößlein trugen
Güldnes Hirschgeweih und flogen
Rasch dahin, wie wilde Schwäne
Kam es durch die Luft gezogen.

Lächelnd nickte mir die Köngin,
Lächelnd, im Vorüberreuten.
Galt das meiner neuen Liebe,
Oder soll es Tod bedeuten?

XXXIII

Morgens send ich dir die Veilchen,
Die ich früh im Wald gefunden,
Und des Abends bring ich Rosen,
Die ich brach in Dämmrungstunden.

Weißt du was die hübschen Blumen
Dir Verblümtes sagen möchten?
Treu sein sollst du mir am Tage
Und mich lieben in den Nächten.

XXXIV

Der Brief, den du geschrieben,
Er macht mich gar nicht bang;
Du willst mich nicht mehr lieben,
Aber dein Brief ist lang.

Zwölf Seiten, eng und zierlich!
Ein kleines Manuskript!
Man schreibt nicht so ausführlich,
Wenn man den Abschied gibt.

XXXV

Sorge nie, daß ich verrate
Meine Liebe vor der Welt,

Wenn mein Mund ob deiner Schönheit
Von Metaphern überquellt.

Unter einem Wald von Blumen
Liegt, in still verborgner Hut,
Jenes glühende Geheimnis,
Jene tief geheime Glut.

Sprühn einmal verdächtge Funken
Aus den Rosen – sorge nie!
Diese Welt glaubt nicht an Flammen,
Und sie nimmts für Poesie.

XXXVI

Wie die Tage macht der Frühling
Auch die Nächte mir erklingen;
Als ein grünes Echo kann er
Bis in meine Träume dringen.

Nur noch märchensüßer flöten
Dann die Vögel, durch die Lüfte
Weht es sanfter, sehnsuchtwilder
Steigen auf die Veilchendüfte.

Auch die Rosen blühen röter,
Eine kindlich güldne Glorie
Tragen sie, wie Engelköpfchen
Auf Gemälden der Historie –

Und mir selbst ist dann, als würd ich
Eine Nachtigall und sänge
Diesen Rosen meine Liebe,
Träumend sing ich Wunderklänge –

Bis mich weckt das Licht der Sonne,
Oder auch das holde Lärmen
Jener andren Nachtigallen,
Die vor meinem Fenster schwärmen.

XXXVII

Sterne mit den goldnen Füßchen
Wandeln droben bang und sacht,
Daß sie nicht die Erde wecken,
Die da schläft im Schoß der Nacht.

Horchend stehn die stummen Wälder,
Jedes Blatt ein grünes Ohr!
Und der Berg, wie träumend streckt er
Seinen Schattenarm hervor.

Doch was rief dort? In mein Herze
Dringt der Töne Widerhall.
War es der Geliebten Stimme,
Oder nur die Nachtigall?

XXXVIII

Ernst ist der Frühling, seine Träume
Sind traurig, jede Blume schaut
Von Schmerz bewegt, es bebt geheime
Wehmut im Nachtigallenlaut.

O lächle nicht, geliebte Schöne,
So freundlich heiter, lächle nicht!
O, weine lieber, eine Träne
Küß ich so gern dir vom Gesicht.

XXXIX

Schon wieder bin ich fortgerissen
Vom Herzen, das ich innig liebe,
Schon wieder bin ich fortgerissen –
O wüßtest du, wie gern ich bliebe.

Der Wagen rollt, es dröhnt die Brücke,
Der Fluß darunter fließt so trübe;
Ich scheide wieder von dem Glücke,
Vom Herzen, das ich innig liebe.

Am Himmel jagen hin die Sterne,
Als flöhen sie vor meinem Schmerze –
Leb wohl, Geliebte! In der Ferne,
Wo ich auch bin, blüht dir mein Herze.

XL

Die holden Wünsche blühen,
Und welken wieder ab,
Und blühen und welken wieder –
So geht es bis ans Grab.

Das weiß ich, und das vertrübet
Mir alle Lieb und Lust;
Mein Herz ist so klug und witzig,
Und verblutet in meiner Brust.

XLI

Wie ein Greisenantlitz droben
Ist der Himmel anzuschauen,

Roteinäugig und umwoben
Von dem Wolkenhaar, dem grauen.

Blickt er auf die Erde nieder,
Müssen welken Blum und Blüte,
Müssen welken Lieb und Lieder
In dem menschlichen Gemüte.

XLII

Verdroßnen Sinn im kalten Herzen hegend,
Reis ich verdrießlich durch die kalte Welt,
Zu Ende geht der Herbst, ein Nebel hält
Feuchteingehüllt die abgestorbne Gegend.

Die Winde pfeifen, hin und her bewegend
Das rote Laub, das von den Bäumen fällt,
Es seufzt der Wald, es dampft das kahle Feld,
Nun kommt das Schlimmste noch, es regent.

XLIII

Spätherbstnebel, kalte Träume,
Überfloren Berg und Tal,
Sturm entblättert schon die Bäume,
Und sie schaun gespenstisch kahl.

Nur ein einzger, traurig schweigsam
Einzger Baum steht unentlaubt,
Feucht von Wehmutstränen gleichsam,
Schüttelt er sein grünes Haupt.

Ach, mein Herz gleicht dieser Wildnis,
Und der Baum, den ich dort schau

Sommergrün, das ist dein Bildnis,
Vielgeliebte, schöne Frau!

XLIV

Himmel grau und wochentäglich!
Auch die Stadt ist noch dieselbe!
Und noch immer blöd und kläglich
Spiegelt sie sich in der Elbe.

Lange Nasen, noch langweilig
Werden sie wie sonst geschneuzet,
Und das duckt sich noch scheinheilig,
Oder bläht sich, stolz gespreizet.

Schöner Süden! wie verehr ich
Deinen Himmel, deine Götter,
Seit ich diesen Menschenkehricht
Wiederseh, und dieses Wetter!

Verschiedene

SERAPHINE

I

Wandl ich in dem Wald des Abends,
In dem träumerischen Wald,
Immer wandelt mir zur Seite
Deine zärtliche Gestalt.

Ist es nicht dein weißer Schleier?
Nicht dein sanftes Angesicht?
Oder ist es nur der Mondschein,
Der durch Tannendunkel bricht?

Sind es meine eignen Tränen,
Die ich leise rinnen hör?
Oder gehst du, Liebste, wirklich
Weinend neben mir einher?

II

An dem stillen Meeresstrande
Ist die Nacht heraufgezogen,
Und der Mond bricht aus den Wolken,
Und es flüstert aus den Wogen:

Jener Mensch dort, ist er närrisch,
Oder ist er gar verliebet,
Denn er schaut so trüb und heiter,
Heiter und zugleich betrübet?

Doch der Mond der lacht herunter,
Und mit heller Stimme spricht er:
Jener ist verliebt und närrisch,
Und noch obendrein ein Dichter.

III

Das ist eine weiße Möwe,
Die ich dort flattern seh
Wohl über die dunklen Fluten;
Der Mond steht hoch in der Höh.

Der Haifisch und der Roche,
Die schnappen hervor aus der See,
Es hebt sich, es senkt sich die Möwe;
Der Mond steht hoch in der Höh.

O, liebe, flüchtige Seele,
Dir ist so bang und weh!
Zu nah ist dir das Wasser,
Der Mond steht hoch in der Höh.

IV

Daß du mich liebst, das wußt ich,
Ich hatt es längst entdeckt;
Doch als du mirs gestanden,
Hat es mich tief erschreckt.

Ich stieg wohl auf die Berge
Und jubelte und sang;
Ich ging ans Meer und weinte
Beim Sonnenuntergang.

Mein Herz ist wie die Sonne
So flammend anzusehn,
Und in ein Meer von Liebe
Versinkt es groß und schön.

V

Wie neubegierig die Möwe
Nach uns herüberblickt,
Weil ich an deine Lippen
So fest mein Ohr gedrückt!

Sie möchte gerne wissen,
Was deinem Mund entquillt,
Ob du mein Ohr mit Küssen
Oder mit Worten gefüllt?

Wenn ich nur selber wüßte,
Was mir in die Seele zischt!
Die Worte und die Küsse
Sind wunderbar vermischt.

VI

Sie floh vor mir wie 'n Reh so scheu,
Und wie ein Reh geschwinde!
Sie kletterte von Klipp zu Klipp,
Ihr Haar das flog im Winde.

Wo sich zum Meer der Felsen senkt,
Da hab ich sie erreichet,
Da hab ich sanft mit sanftem Wort
Ihr sprödes Herz erweichet.

Hier saßen wir so himmelhoch,
Und auch so himmelselig;
Tief unter uns, ins dunkle Meer,
Die Sonne sank allmählig.

Tief unter uns, ins dunkle Meer,
Versank die schöne Sonne;
Die Wogen rauschten drüber hin,
Mit ungestümer Wonne.

O weine nicht, die Sonne liegt
Nicht tot in jenen Fluten;
Sie hat sich in mein Herz versteckt
Mit allen ihren Gluten.

VII

Auf diesem Felsen bauen wir
Die Kirche von dem dritten,
Dem dritten neuen Testament;
Das Leid ist ausgelitten.

Vernichtet ist das Zweierlei,
Das uns so lang betöret;
Die dumme Leiberquälerei
Hat endlich aufgehöret.

Hörst du den Gott im finstern Meer?
Mit tausend Stimmen spricht er.
Und siehst du über unserm Haupt
Die tausend Gotteslichter?

Der heilge Gott der ist im Licht
Wie in den Finsternissen;

Und Gott ist alles was da ist;
Er ist in unsern Küssen.

VIII

Graue Nacht liegt auf dem Meere,
Und die kleinen Sterne glimmen.
Manchmal tönen in dem Wasser
Lange hingezogne Stimmen.

Dorten spielt der alte Nordwind
Mit den blanken Meereswellen,
Die wie Orgelpfeifen hüpfen,
Die wie Orgelpfeifen schwellen.

Heidnisch halb und halb auch kirchlich
Klingen diese Melodeien,
Steigen mutig in die Höhe,
Daß sich drob die Sterne freuen.

Und die Sterne, immer größer,
Glühen auf mit Lustgewimmel,
Und am Ende groß wie Sonnen
Schweifen sie umher am Himmel.

Zur Musik, die unten tönet,
Wirbeln sie die tollsten Weisen;
Sonnennachtigallen sind es,
Die dort oben strahlend kreisen.

Und das braust und schmettert mächtig,
Meer und Himmel hör ich singen,
Und ich fühle Riesenwollust
Stürmisch in mein Herze dringen.

IX

Schattenküsse, Schattenliebe,
Schattenleben, wunderbar!
Glaubst du, Närrin, alles bliebe
Unverändert, ewig wahr?

Was wir lieblich fest besessen,
Schwindet hin, wie Träumerein,
Und die Herzen, die vergessen,
Und die Augen schlafen ein.

X

Das Fräulein stand am Meere
Und seufzte lang und bang,
Es rührte sie so sehre
Der Sonnenuntergang.

Mein Fräulein! sein Sie munter,
Das ist ein altes Stück;
Hier vorne geht sie unter
Und kehrt von hinten zurück.

XI

Mit schwarzen Segeln segelt mein Schiff
Wohl über das wilde Meer;
Du weißt, wie sehr ich traurig bin,
Und kränkst mich doch so schwer.

Dein Herz ist treulos wie der Wind
Und flattert hin und her;

Mit schwarzen Segeln segelt mein Schiff
Wohl über das wilde Meer.

XII

Wie schändlich du gehandelt,
Ich hab es den Menschen verhehlet,
Und bin hinausgefahren aufs Meer,
Und hab es den Fischen erzählet.

Ich laß dir den guten Namen
Nur auf dem festen Lande;
Aber im ganzen Ozean
Weiß man von deiner Schande.

XIII

Es ziehen die brausenden Wellen
Wohl nach dem Strand;
Sie schwellen und zerschellen
Wohl auf dem Sand.

Sie kommen groß und kräftig,
Ohn Unterlaß;
Sie werden endlich heftig –
Was hilft uns das?

XIV

Es ragt ins Meer der Runenstein,
Da sitz ich mit meinen Träumen.
Es pfeift der Wind, die Möwen schrein,
Die Wellen, die wandern und schäumen.

Ich habe geliebt manch schönes Kind
Und manchen guten Gesellen –
Wo sind sie hin? Es pfeift der Wind,
Es schäumen und wandern die Wellen.

XV

Das Meer erstrahlt im Sonnenschein,
Als ob es golden wär.
Ihr Brüder, wenn ich sterbe,
Versenkt mich in das Meer.

Hab immer das Meer so lieb gehabt,
Es hat mit sanfter Flut
So oft mein Herz gekühlet;
Wir waren einander gut.

ANGELIQUE

I

Nun der Gott mir günstig nicket,
Soll ich schweigen wie ein Stummer,
Ich, der, als ich unbeglücket,
So viel sang von meinem Kummer,

Daß mir tausend arme Jungen
Gar verzweifelt nachgedichtet,
Und das Leid, das ich besungen,
Noch viel Schlimmres angerichtet!

O, ihr Nachtigallenchöre,
Die ich trage in der Seele,
Daß man eure Wonne höre,
Jubelt auf mit voller Kehle!

II

Wie rasch du auch vorüberschrittest,
Noch einmal schautest du zurück,
Der Mund, wie fragend, kühngeöffnet,
Stürmischer Hochmut in dem Blick.

O, daß ich nie zu fassen suchte
Das weiße flüchtige Gewand!
Die holde Spur der kleinen Füße,
O, daß ich nie sie wiederfand!

Verschwunden ist ja deine Wildheit,
Bist wie die Andern zahm und klar,
Und sanft und unerträglich gütig,
Und ach! nun liebst du mich sogar!

III

Nimmer glaub ich, junge Schöne,
Was die spröde Lippe spricht;
Solche große schwarze Augen,
Solche hat die Tugend nicht.

Diese braungestreifte Lüge,
Streif sie ab; ich liebe dich.
Laß dein weißes Herz mich küssen –
Weißes Herz, verstehst du mich?

IV

Ich halte ihr die Augen zu
Und küß sie auf den Mund;
Nun läßt sie mich nicht mehr in Ruh,
Sie fragt mich um den Grund.

Von Abend spät bis Morgens fruh,
Sie fragt zu jeder Stund:
Was hältst du mir die Augen zu,
Wenn du mir küßt den Mund?

Ich sag ihr nicht, weshalb ichs tu,
Weiß selber nicht den Grund –
Ich halte ihr die Augen zu
Und küß sie auf den Mund.

V

Wenn ich, beseligt von schönen Küssen,
In deinen Armen mich wohl befinde,
Dann mußt du mir nie von Deutschland reden; –
Ich kanns nicht vertragen – es hat seine Gründe.

Ich bitte dich, laß mich mit Deutschland in Frieden!
Du mußt mich nicht plagen mit ewigen Fragen
Nach Heimat, Sippschaft und Lebensverhältnis; –
Es hat seine Gründe – ich kanns nicht vertragen.

Die Eichen sind grün, und blau sind die Augen
Der deutschen Frauen; sie schmachten gelinde
Und seufzen von Liebe, Hoffnung und Glauben; –
Ich kanns nicht vertragen – es hat seine Gründe.

VI

Während ich nach andrer Leute,
Andrer Leute Schätze spähe,
Und vor fremden Liebestüren
Schmachtend auf- und niedergehe:

Treibts vielleicht die andren Leute
Hin und her an andrem Platze,
Und vor meinen eignen Fenstern
Äugeln sie mit meinem Schatze.

Das ist menschlich! Gott im Himmel
Schütze uns auf allen Wegen!
Gott im Himmel geb uns Allen,
Geb uns Allen Glück und Segen!

VII

Ja freilich, du bist mein Ideal,
Habs dir ja oft bekräftigt
Mit Küssen und Eiden sonder Zahl;
Doch heute bin ich beschäftigt.

Komm morgen zwischen zwei und drei,
Dann sollen neue Flammen
Bewähren meine Schwärmerei;
Wir essen nachher zusammen.

Wenn ich Billete bekommen kann,
Bin ich sogar kapabel,
Dich in die Oper zu führen alsdann;
Man gibt Robert-le-Diable.

Es ist ein großes Zauberstück
Voll Teufelslust und Liebe;
Von Meyerbeer ist die Musik,
Der schlechte Text von Scribe.

VIII

Schaff mich nicht ab, wenn auch den Durst
Gelöscht der holde Trunk;
Behalt mich noch ein Vierteljahr,
Dann hab auch ich genung.

Kannst du nicht mehr Geliebte sein,
Sei Freundin mir sodann;
Hat man die Liebe durchgeliebt,
Fängt man die Freundschaft an.

IX

Dieser Liebe toller Fasching,
Dieser Taumel unsrer Herzen,
Geht zu Ende, und ernüchtert
Gähnen wir einander an!

Ausgetrunken ist der Kelch,
Der mit Sinnenrausch gefüllt war,
Schäumend, lodernd, bis am Rande;
Ausgetrunken ist der Kelch.

Es verstummen auch die Geigen,
Die zum Tanze mächtig spielten,
Zu dem Tanz der Leidenschaft;
Auch die Geigen, sie verstummen.

Es erlöschen auch die Lampen,
Die das wilde Licht ergossen
Auf den bunten Mummenschanz;
Auch die Lampen, sie erlöschen.

Morgen kommt der Aschenmittwoch,
Und ich zeichne deine Stirne
Mit dem Aschenkreuz und spreche:
Weib, bedenke, daß du Staub bist.

DIANA

I

Diese schönen Gliedermassen
Kolossaler Weiblichkeit
Sind jetzt, ohne Widerstreit,
Meinen Wünschen überlassen.

Wär ich, leidenschaftentzügelt,
Eigenkräftig ihr genaht,
Ich bereute solche Tat!
Ja, sie hätte mich geprügelt.

Welcher Busen, Hals und Kehle!
(Höher seh ich nicht genau.)
Eh ich ihr mich anvertrau,
Gott empfehl ich meine Seele.

II

Am Golfe von Biskaya
Hat sie den Tag erblickt;
Sie hat schon in der Wiege
Zwei junge Katzen erdrückt.

Sie lief mit bloßen Füßen
Wohl über die Pyrenän;
Drauf ließ sie als junge Riesin
In Perpignan sich sehn.

Jetzt ist sie die größte Dame
Im Faubourg Saint-Denis;
Sie kostet dem kleinen Sir William
Schon dreizehntausend Louis.

III

Manchmal wenn ich bei Euch bin,
Großgeliebte, edle Doña,
Wie erinnernd schweift mein Sinn
Nach dem Marktplatz zu Bologna.

Dorten ist ein großer Brunn,
Fonte del Gigante heißt er,
Obendrauf steht ein Neptun
Von Johann, dem alten Meister.

HORTENSE

I

Ehmals glaubt ich, alle Küsse,
Die ein Weib uns gibt und nimmt,
Seien uns, durch Schicksalsschlüsse,
Schon urzeitlich vorbestimmt.

Küsse nahm ich und ich küßte
So mit Ernst in jener Zeit,
Als ob ich erfüllen müßte
Taten der Notwendigkeit.

Jetzo weiß ich, überflüssig,
Wie so manches, ist der Kuß,
Und mit leichtern Sinnen küß ich,
Glaubenlos im Überfluß.

II

Wir standen an der Straßeneck
Wohl über eine Stunde;
Wir sprachen voller Zärtlichkeit
Von unsrem Seelenbunde.

Wir sagten uns viel hundertmal,
Daß wir einander lieben;
Wir standen an der Straßeneck,
Und sind da stehn geblieben.

Die Göttin der Gelegenheit,
Wie 'n Zöfchen, flink und heiter,
Kam sie vorbei und sah uns stehn,
Und lachend ging sie weiter.

III

In meinen Tagesträumen,
In meinem nächtlichen Wachen,
Stets klingt mir in der Seele
Dein allerliebstes Lachen.

Denkst du noch Montmorencys,
Wie du auf dem Esel rittest,
Und von dem hohen Sattel
Hinab in die Disteln glittest?

Der Esel blieb ruhig stehen,
Fing an die Disteln zu fressen –
Dein allerliebstes Lachen
Werde ich nie vergessen.

IV

Sie spricht:

Steht ein Baum im schönen Garten,
Und ein Apfel hängt daran,
Und es ringelt sich am Aste
Eine Schlange, und ich kann
Von den süßen Schlangenaugen
Nimmer wenden meinen Blick,
Und das zischelt so verheißend
Und das lockt wie holdes Glück!

Die Andre spricht:

Dieses ist die Frucht des Lebens,
Koste ihre Süßigkeit,
Daß du nicht so ganz vergebens
Lebtest deine Lebenszeit!
Schönes Kindchen, fromme Taube,
Kost einmal und zittre nicht –
Folge meinem Rat und glaube
Was die kluge Muhme spricht.

V

Neue Melodieen spiel ich
Auf der neugestimmten Zither.
Alt ist der Text! Es sind die Worte
Salomos: das Weib ist bitter.

Ungetreu ist sie dem Freunde,
Wie sie treulos dem Gemahle!
Wermut sind die letzten Tropfen
In der Liebe Goldpokale.

Also wahr ist jene Sage
Von dem dunklen Sündenfluche,
Den die Schlange dir bereitet,
Wie es steht im alten Buche?

Kriechend auf dem Bauch, die Schlange,
Lauscht sie noch in allen Büschen,
Kost mit dir noch jetzt wie weiland,
Und du hörst sie gerne zischen.

Ach, es wird so kalt und dunkel!
Um die Sonne flattern Raben,
Und sie krächzen. Lust und Liebe
Ist auf lange jetzt begraben.

VI

Nicht lange täuschte mich das Glück,
Das du mir zugelogen,
Dein Bild ist wie ein falscher Traum
Mir durch das Herz gezogen.

Der Morgen kam, die Sonne schien,
Der Nebel ist zerronnen;
Geendigt hatten wir schon längst,
Eh wir noch kaum begonnen.

CLARISSE

I

Meinen schönsten Liebesantrag
Suchst du ängstlich zu verneinen;
Frag ich dann: ob das ein Korb sei?
Fängst du plötzlich an zu weinen.

Selten bet ich, drum erhör mich,
Lieber Gott! Hilf dieser Dirne,
Trockne ihre süßen Tränen
Und erleuchte ihr Gehirne.

II

Überall wo du auch wandelst,
Schaust du mich zu allen Stunden,
Und je mehr du mich mißhandelst,
Treuer bleib ich dir verbunden.

Denn mich fesselt holde Bosheit,
Wie mich Güte stets vertrieben;
Willst du sicher meiner los sein,
Mußt du dich in mich verlieben.

III

Hol der Teufel deine Mutter,
Hol der Teufel deinen Vater,
Die so grausam mich verhindert,
Dich zu schauen im Theater.

Denn sie saßen da und gaben,
Breitgeputzt, nur seltne Lücken,
Dich im Hintergrund der Loge,
Süßes Liebchen, zu erblicken.

Und sie saßen da und schauten
Zweier Liebenden Verderben,
Und sie klatschten großen Beifall,
Als sie beide sahen sterben.

IV

Geh nicht durch die böse Straße,
Wo die schönen Augen wohnen –
Ach! sie wollen allzugütig
Dich mit ihrem Blitz verschonen.

Grüßen allerliebst herunter
Aus dem hohen Fensterbogen,
Lächeln freundlich, (Tod und Teufel!)
Sind dir schwesterlich gewogen.

Doch du bist schon auf dem Wege,
Und vergeblich ist dein Ringen;
Eine ganze Brust voll Elend
Wirst du mit nach Hause bringen.

V

Es kommt zu spät, was du mir lächelst,
Was du mir seufzest, kommt zu spät!
Längst sind gestorben die Gefühle,
Die du so grausam einst verschmäht.

Zu spät kommt deine Gegenliebe!
Es fallen auf mein Herz herab
All deine heißen Liebesblicke,
Wie Sonnenstrahlen auf ein Grab.

*

Nur wissen möcht ich: wenn wir sterben,
Wohin dann unsre Seele geht?
Wo ist das Feuer, das erloschen?
Wo ist der Wind, der schon verweht?

YOLANTE UND MARIE

I

Diese Damen, sie verstehen,
Wie man Dichter ehren muß:
Gaben mir ein Mittagessen,
Mir und meinem Genius.

Ach! die Suppe war vortrefflich,
Und der Wein hat mich erquickt,
Das Geflügel, das war göttlich,
Und der Hase war gespickt.

Sprachen, glaub ich, von der Dichtkunst,
Und ich wurde endlich satt;
Und ich dankte für die Ehre,
Die man mir erwiesen hat.

II

In welche soll ich mich verlieben,
Da beide liebenswürdig sind?
Ein schönes Weib ist noch die Mutter,
Die Tochter ist ein schönes Kind.

Die weißen, unerfahrnen Glieder,
Sie sind so rührend anzusehn!
Doch reizend sind geniale Augen,
Die unsre Zärtlichkeit verstehn.

Es gleicht mein Herz dem grauen Freunde,
Der zwischen zwei Gebündel Heu
Nachsinnlich grübelt, welch von beiden
Das allerbeste Futter sei.

III

Die Flaschen sind leer, das Frühstück war gut,
Die Dämchen sind rosig erhitzet;
Sie lüften das Mieder mit Übermut,
Ich glaube sie sind bespitzet.

Die Schulter wie weiß, die Brüstchen wie nett!
Mein Herz erbebet vor Schrecken.
Nun werfen sie lachend sich aufs Bett,
Und hüllen sich ein mit den Decken.

Sie ziehen nun gar die Gardinen vor,
Und schnarchen am End um die Wette.
Da steh ich im Zimmer, ein einsamer Tor,
Betrachte verlegen das Bette.

IV

Jugend, die mir täglich schwindet,
Wird durch raschen Mut ersetzt,
Und mein kühnrer Arm umwindet
Noch viel schlankre Hüften jetzt.

Tat auch manche sehr erschrocken,
Hat sie doch sich bald gefügt;
Holder Zorn, verschämtes Stocken
Wird von Schmeichelei besiegt.

Doch, wenn ich den Sieg genieße,
Fehlt das Beste mir dabei.
Ist es die verschwundne, süße,
Blöde Jugendeselei?

EMMA

I

Er steht so starr wie ein Baumstamm,
In Hitz und Frost und Wind,
Im Boden wurzelt die Fußzeh,
Die Arme erhoben sind.

So quält sich Bagiratha lange,
Und Bramah will enden sein Weh,
Er läßt den Ganges fließen
Herab von der Himmelshöh.

Ich aber, Geliebte, vergebens
Martre und quäl ich mich ab,
Aus deinen Himmelsaugen
Fließt mir kein Tropfen herab.

II

Vierundzwanzig Stunden soll ich
Warten auf das höchste Glück,
Das mir blinzelnd süß verkündet,
Blinzelnd süß der Seitenblick.

O! die Sprache ist so dürftig,
Und das Wort ein plumpes Ding;
Wird es ausgesprochen, flattert
Fort der schöne Schmetterling.

Doch der Blick, der ist unendlich,
Und er macht unendlich weit
Deine Brust, wie einen Himmel
Voll gestirnter Seligkeit.

III

Nicht mal einen einzgen Kuß,
Nach so monatlangem Lieben!
Und so bin ich Allerärmster
Trocknen Mundes stehn geblieben.

Einmal kam das Glück mir nah –
Schon konnt ich den Atem spüren –
Doch es flog vorüber – ohne
Mir die Lippen zu berühren.

IV

Emma, sage mir die Wahrheit:
Ward ich närrisch durch die Liebe?
Oder ist die Liebe selber
Nur die Folge meiner Narrheit?

Ach! mich quälet, teure Emma,
Außer meiner tollen Liebe,
Außer meiner Liebestollheit,
Obendrein noch dies Dilemma.

V

Bin ich bei dir, Zank und Not!
Und ich will mich fort begeben!

Doch das Leben ist kein Leben
Fern von dir, es ist der Tod.

Grübelnd lieg ich in der Nacht,
Zwischen Tod und Hölle wählend –
Ach! ich glaube, dieses Elend
Hat mich schon verrückt gemacht.

VI

Schon mit ihren schlimmsten Schatten
Schleicht die böse Nacht heran;
Unsre Seelen sie ermatten,
Gähnend schauen wir uns an.

Du wirst alt und ich noch älter,
Unser Frühling ist verblüht.
Du wirst kalt und ich noch kälter,
Wie der Winter näher zieht.

Ach, das Ende ist so trübe!
Nach der holden Liebesnot
Kommen Nöten ohne Liebe,
Nach dem Leben kommt der Tod.

DER TANNHÄUSER

Eine Legende
(Geschrieben 1836)

I

Ihr guten Christen, laßt Euch nicht
Von Satans List umgarnen!
Ich sing Euch das Tannhäuserlied,
Um Eure Seelen zu warnen.

Der edle Tannhäuser, ein Ritter gut,
Wollt Lieb und Lust gewinnen,
Da zog er in den Venusberg,
Blieb sieben Jahre drinnen.

Frau Venus, meine schöne Frau,
Leb wohl, mein holdes Leben!
Ich will nicht länger bleiben bei dir,
Du sollst mir Urlaub geben.

»Tannhäuser, edler Ritter mein,
Hast heut mich nicht geküsset;
Küß mich geschwind, und sage mir:
Was du bei mir vermisset?

»Habe ich nicht den süßesten Wein
Tagtäglich dir kredenzet?
Und hab ich nicht mit Rosen dir
Tagtäglich das Haupt bekränzet?«

Frau Venus, meine schöne Frau,
Von süßem Wein und Küssen
Ist meine Seele geworden krank;
Ich schmachte nach Bitternissen.

Wir haben zuviel gescherzt und gelacht,
Ich sehne mich nach Tränen,
Und statt mit Rosen möcht ich mein Haupt
Mit spitzigen Dornen krönen.

»Tannhäuser, edler Ritter mein,
Du willst dich mit mir zanken;
Du hast geschworen viel tausendmal,
Niemals von mir zu wanken.

»Komm, laß uns in die Kammer gehn,
Zu spielen der heimlichen Minne;
Mein schöner liljenweißer Leib
Erheitert deine Sinne.«

Frau Venus, meine schöne Frau,
Dein Reiz wird ewig blühen;
Wie viele einst für dich geglüht,
So werden noch viele glühen.

Doch denk ich der Götter und Helden, die einst
Sich zärtlich daran geweidet,
Dein schöner liljenweißer Leib,
Er wird mir schier verleidet.

Dein schöner liljenweißer Leib
Erfüllt mich fast mit Entsetzen,
Gedenk ich, wie viele werden sich
Noch späterhin dran ergetzen!

»Tannhäuser, edler Ritter mein,
Das sollst du mir nicht sagen,
Ich wollte lieber, du schlügest mich,
Wie du mich oft geschlagen.

»Ich wollte lieber, du schlügest mich,
Als daß du Beleidigung sprächest,
Und mir, undankbar kalter Christ,
Den Stolz im Herzen brächest.

»Weil ich dich geliebet gar zu sehr,
Hör ich nun solche Worte –
Leb wohl, ich gebe Urlaub dir,
Ich öffne dir selber die Pforte.«

II

Zu Rom, zu Rom, in der heiligen Stadt,
Da singt es und klingelt und läutet;
Da zieht einher die Prozession,
Der Papst in der Mitte schreitet.

Das ist der fromme Papst Urban,
Er trägt die dreifache Krone,
Er trägt ein rotes Purpurgewand,
Die Schleppe tragen Barone.

»O heiliger Vater, Papst Urban,
Ich laß dich nicht von der Stelle,
Du hörest zuvor meine Beichte an,
Du rettest mich von der Hölle!«

Das Volk es weicht im Kreis zurück,
Es schweigen die geistlichen Lieder: –

Wer ist der Pilger bleich und wüst,
Vor dem Papste kniet er nieder?

»O heiliger Vater, Papst Urban,
Du kannst ja binden und lösen,
Errette mich von der Höllenqual
Und von der Macht des Bösen.

»Ich bin der edle Tannhäuser genannt,
Wollt Lieb und Lust gewinnen,
Da zog ich in den Venusberg,
Blieb sieben Jahre drinnen.

»Frau Venus ist eine schöne Frau,
Liebreizend und anmutreiche;
Wie Sonnenschein und Blumenduft
Ist ihre Stimme, die weiche.

»Wie der Schmetterling flattert um eine Blum,
Am zarten Kelch zu nippen,
So flattert meine Seele stets
Um ihre Rosenlippen.

»Ihr edles Gesicht umringeln wild
Die blühend schwarzen Locken;
Schaun dich die großen Augen an,
Wird dir der Atem stocken.

»Schaun dich die großen Augen an,
So bist du wie angekettet;
Ich habe nur mit großer Not
Mich aus dem Berg gerettet.

»Ich hab mich gerettet aus dem Berg,
Doch stets verfolgen die Blicke
Der schönen Frau mich überall,
Sie winken: komm zurücke!

»Ein armes Gespenst bin ich am Tag,
Des Nachts mein Leben erwachet,
Dann träum ich von meiner schönen Frau,
Sie sitzt bei mir und lachet.

»Sie lacht so gesund, so glücklich, so toll,
Und mit so weißen Zähnen!
Wenn ich an dieses Lachen denk,
So weine ich plötzliche Tränen.

»Ich liebe sie mit Allgewalt,
Nichts kann die Liebe hemmen!
Das ist wie ein wilder Wasserfall,
Du kannst seine Fluten nicht dämmen;

»Er springt von Klippe zu Klippe herab,
Mit lautem Tosen und Schäumen,
Und bräch er tausendmal den Hals,
Er wird im Laufe nicht säumen.

»Wenn ich den ganzen Himmel besäß,
Frau Venus schenkt ich ihn gerne;
Ich gäb ihr die Sonne, ich gäb ihr den Mond,
Ich gäbe ihr sämtliche Sterne.

»Ich liebe sie mit Allgewalt,
Mit Flammen, die mich verzehren, –
Ist das der Hölle Feuer schon,
Die Gluten, die ewig währen?

»O heiliger Vater, Papst Urban,
Du kannst ja binden und lösen!
Errette mich von der Höllenqual
Und von der Macht des Bösen.«

Der Papst hub jammernd die Händ empor,
Hub jammernd an zu sprechen:
»Tannhäuser, unglückselger Mann,
Der Zauber ist nicht zu brechen.

»Der Teufel, den man Venus nennt,
Er ist der Schlimmste von allen;
Erretten kann ich dich nimmermehr
Aus seinen schönen Krallen.

»Mit deiner Seele mußt du jetzt
Des Fleisches Lust bezahlen,
Du bist verworfen, du bist verdammt
Zu ewigen Höllenqualen.«

III

Der Ritter Tannhäuser er wandelt so rasch,
Die Füße die wurden ihm wunde.
Er kam zurück in den Venusberg
Wohl um die Mitternachtstunde.

Frau Venus erwachte aus dem Schlaf,
Ist schnell aus dem Bette gesprungen;
Sie hat mit ihrem weißen Arm
Den geliebten Mann umschlungen.

Aus ihrer Nase rann das Blut,
Den Augen die Tränen entflossen;

Sie hat mit Tränen und Blut das Gesicht
Des geliebten Mannes begossen.

Der Ritter legte sich ins Bett,
Er hat kein Wort gesprochen.
Frau Venus in die Küche ging,
Um ihm eine Suppe zu kochen.

Sie gab ihm Suppe, sie gab ihm Brot,
Sie wusch seine wunden Füße,
Sie kämmte ihm das struppige Haar,
Und lachte dabei so süße.

»Tannhäuser, edler Ritter mein,
Bist lange ausgeblieben,
Sag an, in welchen Landen du dich
So lange herumgetrieben?«

Frau Venus, meine schöne Frau,
Ich hab in Welschland verweilet;
Ich hatte Geschäfte in Rom und bin
Schnell wieder hierher geeilet.

Auf sieben Hügeln ist Rom gebaut,
Die Tiber tut dorten fließen;
Auch hab ich in Rom den Papst gesehn,
Der Papst er läßt dich grüßen.

Auf meinem Rückweg sah ich Florenz,
Bin auch durch Mailand gekommen,
Und bin alsdann mit raschem Mut
Die Schweiz hinaufgeklommen.

Und als ich über die Alpen zog,
Da fing es an zu schneien,
Die blauen Seen die lachten mich an,
Die Adler krächzen und schreien.

Und als ich auf dem Sankt-Gotthard stand,
Da hört ich Deutschland schnarchen;
Es schlief da unten in sanfter Hut
Von sechsunddreißig Monarchen.

In Schwaben besah ich die Dichterschul,
Gar liebe Geschöpfchen und Tröpfchen!
Auf kleinen Kackstühlchen saßen sie dort,
Fallhütchen auf den Köpfchen.

Zu Frankfurt kam ich am Schabbes an,
Und aß dort Schalet und Klöse;
Ihr habt die beste Religion,
Auch lieb ich das Gänsegekröse.

In Dresden sah ich einen Hund,
Der einst gehört zu den Bessern,
Doch fallen ihm jetzt die Zähne aus,
Er kann nur bellen und wässern.

Zu Weimar, dem Musenwitwensitz,
Da hört ich viel Klagen erheben,
Man weinte und jammerte: Goethe sei tot,
Und Eckermann sei noch am Leben!

Zu Potsdam vernahm ich ein lautes Geschrei –
Was gibt es? rief ich verwundert.
»Das ist der Gans in Berlin, der liest
Dort über das letzte Jahrhundert.«

Zu Göttingen blüht die Wissenschaft,
Doch bringt sie keine Früchte.
Ich kam dort durch in stockfinstrer Nacht,
Sah nirgendswo ein Lichte.

Zu Celle im Zuchthaus sah ich nur
Hannoveraner – O Deutsche!
Uns fehlt ein Nationalzuchthaus
Und eine gemeinsame Peitsche!

Zu Hamburg frug ich: warum so sehr
Die Straßen stinken täten?
Doch Juden und Christen versicherten mir,
Das käme von den Fleeten.

Zu Hamburg, in der guten Stadt,
Wohnt mancher schlechte Geselle;
Und als ich auf die Börse kam,
Ich glaubte, ich wär noch in Celle.

Zu Hamburg sah ich Altona,
Ist auch eine schöne Gegend;
Ein andermal erzähl ich dir
Was mir alldort begegent.

SCHÖPFUNGSLIEDER

I

Im Beginn schuf Gott die Sonne,
Dann die nächtlichen Gestirne;
Hierauf schuf er auch die Ochsen,
Aus dem Schweiße seiner Stirne.

Später schuf er wilde Bestien,
Löwen mit den grimmigen Tatzen;
Nach des Löwen Ebenbilde
Schuf er hübsche kleine Katzen.

Zur Bevölkerung der Wildnis
Ward hernach der Mensch erschaffen;
Nach des Menschen holdem Bildnis
Schuf er intressante Affen.

Satan sah dem zu und lachte:
Ei, der Herr kopiert sich selber!
Nach dem Bilde seiner Ochsen
Macht er noch am Ende Kälber!

II

Und der Gott sprach zu dem Teufel:
Ich der Herr kopier mich selber,
Nach der Sonne mach ich Sterne,
Nach den Ochsen mach ich Kälber,
Nach den Löwen mit den Tatzen
Mach ich kleine liebe Katzen,

Nach den Menschen mach ich Affen;
Aber du kannst gar nichts schaffen.

III

Ich hab mir zu Ruhm und Preis erschaffen
Die Menschen, Löwen, Ochsen, Sonne;
Doch Sterne, Kälber, Katzen, Affen
Erschuf ich zu meiner eigenen Wonne.

IV

Kaum hab ich die Welt zu schaffen begonnen,
In einer Woche wars abgetan.
Doch hatt ich vorher tief ausgesonnen
Jahrtausendlang den Schöpfungsplan.

Das Schaffen selbst ist eitel Bewegung,
Das stümpert sich leicht in kurzer Frist;
Jedoch der Plan, die Überlegung,
Das zeigt erst wer ein Künstler ist.

Ich hab allein dreihundert Jahre
Tagtäglich drüber nachgedacht,
Wie man am besten Doctores Juris
Und gar die kleinen Flöhe macht.

V

Sprach der Herr am sechsten Tage:
Hab am Ende nun vollbracht
Diese große, schöne Schöpfung,
Und hab Alles gut gemacht.

Wie die Sonne rosengoldig
In dem Meere widerstrahlt!
Wie die Bäume grün und glänzend!
Ist nicht Alles wie gemalt?

Sind nicht weiß wie Alabaster
Dort die Lämmchen auf der Flur?
Ist sie nicht so schön vollendet
Und natürlich die Natur?

Erd und Himmel sind erfüllet
Ganz von meiner Herrlichkeit,
Und der Mensch er wird mich loben
Bis in alle Ewigkeit!

VI

Der Stoff, das Material des Gedichts,
Das saugt sich nicht aus dem Finger;
Kein Gott erschafft die Welt aus Nichts,
So wenig wie irdische Singer.

Aus vorgefundenem Urweltsdreck
Erschuf ich die Männerleiber,
Und aus dem Männerrippenspeck
Erschuf ich die schönen Weiber.

Den Himmel erschuf ich aus der Erd
Und Engel aus Weiberentfaltung;
Der Stoff gewinnt erst seinen Wert
Durch künstlerische Gestaltung.

VII

Warum ich eigentlich erschuf
Die Welt, ich will es gern bekennen:
Ich fühlte in der Seele brennen,
Wie Flammenwahnsinn, den Beruf.

Krankheit ist wohl der letzte Grund
Des ganzen Schöpferdrangs gewesen;
Erschaffend konnte ich genesen,
Erschaffend wurde ich gesund.

FRIEDRIKE

(1823)

I

Verlaß Berlin, mit seinem dicken Sande
Und dünnen Tee und überwitzgen Leuten,
Die Gott und Welt, und was sie selbst bedeuten,
Begriffen längst mit Hegelschem Verstande.

Komm mit nach Indien, nach dem Sonnenlande,
Wo Ambrablüten ihren Duft verbreiten,
Die Pilgerscharen nach dem Ganges schreiten,
Andächtig und im weißen Festgewande.

Dort, wo die Palmen wehn, die Wellen blinken,
Am heilgen Ufer Lotosblumen ragen
Empor zu Indras Burg, der ewig blauen;

Dort will ich gläubig vor dir niedersinken,
Und deine Füße drücken, und dir sagen:
Madame! Sie sind die schönste aller Frauen!

II

Der Ganges rauscht, mit klugen Augen schauen
Die Antilopen aus dem Laub, sie springen
Herbei mutwillig, ihre bunten Schwingen
Entfaltend wandeln stolzgespreizte Pfauen.

Tief aus dem Herzen der bestrahlten Auen
Blumengeschlechter, viele neue, dringen,

Sehnsuchtberauscht ertönt Kokilas Singen –
Ja, du bist schön, du schönste aller Frauen!

Gott Kama lauscht aus allen deinen Zügen,
Er wohnt in deines Busens weißen Zelten,
Und haucht aus dir die lieblichsten Gesänge;

Ich sah Wassant auf deinen Lippen liegen,
In deinem Aug entdeck ich neue Welten,
Und in der eignen Welt wirds mir zu enge.

III

Der Ganges rauscht, der große Ganges schwillt,
Der Himalaja strahlt im Abendscheine,
Und aus der Nacht der Banianenhaine
Die Elefantenherde stürzt und brüllt –

Ein Bild! Ein Bild! Mein Pferd für 'n gutes Bild!
Womit ich dich vergleiche, Schöne, Feine,
Dich Unvergleichliche, dich Gute, Reine,
Die mir das Herz mit heitrer Lust erfüllt!

Vergebens siehst du mich nach Bildern schweifen,
Und siehst mich mit Gefühl und Reimen ringen, –
Und, ach! du lächelst gar ob meiner Qual!

Doch lächle nur! Denn wenn du lächelst, greifen
Gandarven nach der Zither, und sie singen
Dort oben in dem goldnen Sonnensaal.

KATHARINA

I

Ein schöner Stern geht auf in meiner Nacht,
Ein Stern, der süßen Trost herniederlacht
Und neues Leben mir verspricht –
O, lüge nicht!

Gleichwie das Meer dem Mond entgegenschwillt,
So flutet meine Seele, froh und wild,
Empor zu deinem holden Licht –
O, lüge nicht!

II

»Wollen Sie ihr nicht vorgestellt sein?«
Flüsterte mir die Herzogin. –
»Beileibe nicht, ich müßt ein Held sein,
Ihr Anblick schon wirrt mir den Sinn.«

Das schöne Weib macht mich erbeben!
Es ahnet mir, in ihrer Näh
Beginnt für mich ein neues Leben,
Mit neuer Lust, mit neuem Weh.

Es hält wie Angst mich von ihr ferne,
Es treibt mich Sehnsucht hin zu ihr!
Wie meines Schicksals wilde Sterne
Erscheinen diese Augen mir.

Die Stirn ist klar. Doch es gewittert
Dahinter schon der künftge Blitz,
Der künftge Sturm, der mich erschüttert
Bis in der Seele tiefsten Sitz.

Der Mund ist fromm. Doch mit Entsetzen
Unter den Rosen seh ich schon
Die Schlangen, die mich einst verletzen
Mit falschem Kuß, mit süßem Hohn.

Die Sehnsucht treibt. – Ich muß mich nähren
Dem holden, unheilschwangern Ort –
Schon kann ich ihre Stimme hören –
Klingende Flamme ist ihr Wort.

Sie fragt: »Monsieur, wie ist der Name
Der Sängerin, die eben sang?«
Stotternd antworte ich der Dame:
»Hab nichts gehört von dem Gesang.«

III

Wie Merlin, der eitle Weise,
Bin ich armer Nekromant
Nun am Ende festgebannt
In die eignen Zauberkreise.

Festgebannt zu ihren Füßen
Lieg ich nun, und immerdar
Schau ich in ihr Augenpaar;
Und die Stunden, sie verfließen.

Stunden, Tage, ganze Wochen,
Sie verfließen wie ein Traum,

Was ich rede, weiß ich kaum,
Weiß auch nicht, was sie gesprochen.

Manchmal ist mir, als berühren
Ihre Lippen meinen Mund –
Bis in meiner Seele Grund
Kann ich dann die Flammen spüren.

IV

Du liegst mir so gern im Arme,
Du liegst mir am Herzen so gern!
Ich bin dein ganzer Himmel,
Du bist mein liebster Stern.

Tief unter uns da wimmelt
Das närrische Menschengeschlecht;
Sie schreien und wüten und schelten,
Und haben Alle Recht.

Sie klingeln mit ihren Kappen
Und zanken ohne Grund;
Mit ihren Kolben schlagen
Sie sich die Köpfe wund.

Wie glücklich sind wir beide,
Daß wir von ihnen so fern –
Du birgst in deinem Himmel
Das Haupt, mein liebster Stern!

V

Ich liebe solche weiße Glieder,
Der zarten Seele schlanke Hülle,

Wildgroße Augen und die Stirne
Umwogt von schwarzer Lockenfülle!

Du bist so recht die rechte Sorte,
Die ich gesucht in allen Landen;
Auch meinen Wert hat Euresgleichen
So recht zu würdigen verstanden.

Du hast an mir den Mann gefunden,
Wie du ihn brauchst. Du wirst mich reichlich
Beglücken mit Gefühl und Küssen,
Und dann verraten, wie gebräuchlich.

VI

Der Frühling schien schon an dem Tor
Mich freundlich zu erwarten.
Die ganze Gegend steht im Flor
Als wie ein Blumengarten.

Die Liebste sitzt an meiner Seit
Im rasch hinrollenden Wagen;
Sie schaut mich an voll Zärtlichkeit,
Ihr Herz das fühl ich schlagen.

Das trillert und duftet so sonnenvergnügt!
Das blinkt im grünen Geschmeide!
Sein weißes Blütenköpfchen wiegt
Der junge Baum mit Freude.

Die Blumen schaun aus der Erd hervor,
Betrachten, neugierigen Blickes,
Das schöne Weib, das ich erkor,
Und mich, den Mann des Glückes.

Vergängliches Glück! Schon morgen klirrt
Die Sichel über den Saaten,
Der holde Frühling verwelken wird,
Das Weib wird mich verraten.

VII

Jüngstens träumte mir: spazieren
In dem Himmelreiche ging ich,
Ich mit dir – denn ohne dich
Wär der Himmel eine Hölle.

Dort sah ich die Auserwählten,
Die Gerechten und die Frommen,
Die auf Erden ihren Leib
Für der Seele Heil gepeinigt:

Kirchenväter und Apostel,
Eremiten, Kapuziner,
Alte Käuze, einge junge –
Letztre sahn noch schlechter aus!

Lange heilige Gesichter,
Breite Glatzen, graue Bärte,
(Drunter auch verschiedne Juden) –
Gingen streng an uns vorüber,

Warfen keinen Blick nach dir,
Ob du gleich, mein schönes Liebchen,
Tändelnd mir am Arme hingest,
Tändelnd, lächelnd, kokettierend!

Nur ein Einzger sah dich an,
Und es war der einzge schöne,

Schöne Mann in dieser Schar;
Wunderherrlich war sein Antlitz.

Menschengüte um die Lippen,
Götterruhe in den Augen,
Wie auf Magdalenen einst
Schaute Jener auf dich nieder.

Ach! ich weiß, er meint es gut –
Keiner ist so rein und edel –
Aber ich, ich wurde dennoch
Wie von Eifersucht berühret –

Und ich muß gestehn, es wurde
Mir im Himmel unbehaglich –
Gott verzeih mirs! mich genierte
Unser Heiland, Jesus Christus.

VIII

Ein jeder hat zu diesem Feste
Sein liebes Liebchen mitgebracht,
Und freut sich der blühenden Sommernacht; –
Ich wandle allein, mir fehlt das Beste.

Ich wandle allein gleich einem Kranken!
Ich fliehe die Lust, ich fliehe den Tanz
Und die schöne Musik und den Lampenglanz; –
In England sind meine Gedanken.

Ich breche Rosen, ich breche Nelken,
Zerstreuten Sinnes und kummervoll;
Ich weiß nicht, wem ich sie geben soll; –
Mein Herz und die Blumen verwelken.

IX

Gesanglos war ich und beklommen
So lange Zeit – nun dicht ich wieder!
Wie Tränen, die uns plötzlich kommen,
So kommen plötzlich auch die Lieder.

Melodisch kann ich wieder klagen
Von großem Lieben, größerm Leiden,
Von Herzen, die sich schlecht vertragen
Und dennoch brechen, wenn sie scheiden.

Manchmal ist mir, als fühlt ich wehen
Über dem Haupt die deutschen Eichen –
Sie flüstern gar von Wiedersehen –
Das sind nur Träume – sie verbleichen.

Manchmal ist mir, als hört ich singen
Die alten, deutschen Nachtigallen –
Wie mich die Töne sanft umschlingen! –
Das sind nur Träume – sie verhallen.

Wo sind die Rosen, deren Liebe
Mich einst beglückt? – All ihre Blüte
Ist längst verwelkt! – Gespenstisch trübe
Spukt noch ihr Duft mir im Gemüte.

IN DER FREMDE

I

Es treibt dich fort von Ort zu Ort,
Du weißt nicht mal warum;
Im Winde klingt ein sanftes Wort,
Schaust dich verwundert um.

Die Liebe, die dahinten blieb,
Sie ruft dich sanft zurück:
O komm zurück, ich hab dich lieb,
Du bist mein einzges Glück!

Doch weiter, weiter, sonder Rast,
Du darfst nicht stille stehn;
Was du so sehr geliebet hast,
Sollst du nicht wiedersehn.

II

Du bist ja heut so grambefangen,
Wie ich dich lange nicht geschaut!
Es perlet still von deinen Wangen,
Und deine Seufzer werden laut.

Denkst du der Heimat, die so ferne,
So nebelferne dir verschwand?
Gestehe mirs, du wärest gerne
Manchmal im teuren Vaterland.

Denkst du der Dame, die so niedlich
Mit kleinem Zürnen dich ergötzt?
Oft zürntest du, dann ward sie friedlich,
Und immer lachtet ihr zuletzt.

Denkst du der Freunde, die da sanken
An deine Brust, in großer Stund?
Im Herzen stürmten die Gedanken,
Jedoch verschwiegen blieb der Mund.

Denkst du der Mutter und der Schwester?
Mit beiden standest du ja gut.
Ich glaube gar, es schmilzt, mein Bester,
In deiner Brust der wilde Mut!

Denkst du der Vögel und der Bäume
Des schönen Gartens, wo du oft
Geträumt der Liebe junge Träume,
Wo du gezagt, wo du gehofft?

Es ist schon spät. Die Nacht ist helle,
Trübhell gefärbt vom feuchten Schnee.
Ankleiden muß ich mich nun schnelle
Und in Gesellschaft gehn. O weh!

III

Ich hatte einst ein schönes Vaterland.
Der Eichenbaum
Wuchs dort so hoch, die Veilchen nickten sanft.
Es war ein Traum.

Das küßte mich auf deutsch, und sprach auf deutsch
(Man glaubt es kaum
Wie gut es klang) das Wort: »ich liebe dich!«
Es war ein Traum.

TRAGÖDIE

I

Entflieh mit mir und sei mein Weib,
Und ruh an meinem Herzen aus;
Fern in der Fremde sei mein Herz
Dein Vaterland und Vaterhaus.

Gehst du nicht mit, so sterb ich hier
Und du bist einsam und allein;
Und bleibst du auch im Vaterhaus,
Wirst doch wie in der Fremde sein.

II

Dieses ist ein wirkliches Volkslied,
welches ich am Rheine gehört

Es fiel ein Reif in der Frühlingsnacht,
Er fiel auf die zarten Blaublümelein,
Sie sind verwelket, verdorret.

Ein Jüngling hatte ein Mädchen lieb,
Sie flohen heimlich von Hause fort,
Es wußt weder Vater noch Mutter.

Sie sind gewandert hin und her,
Sie haben gehabt weder Glück noch Stern,
Sie sind verdorben, gestorben.

III

Auf ihrem Grab da steht eine Linde,
Drin pfeifen die Vögel und Abendwinde,
Und drunter sitzt, auf dem grünen Platz,
Der Müllersknecht mit seinem Schatz.

Die Winde die wehen so lind und so schaurig,
Die Vögel die singen so süß und so traurig,
Die schwatzenden Buhlen, die werden stumm,
Sie weinen und wissen selbst nicht warum.

Romanzen

I
Ein Weib

Sie hatten sich beide so herzlich lieb,
Spitzbübin war sie, er war ein Dieb.
Wenn er Schelmenstreiche machte,
Sie warf sich aufs Bett und lachte.

Der Tag verging in Freud und Lust,
Des Nachts lag sie an seiner Brust.
Als man ins Gefängnis ihn brachte,
Sie stand am Fenster und lachte.

Er ließ ihr sagen: O komm zu mir,
Ich sehne mich so sehr nach dir,
Ich rufe nach dir, ich schmachte –
Sie schüttelt' das Haupt und lachte.

Um sechse des Morgens ward er gehenkt,
Um sieben ward er ins Grab gesenkt;
Sie aber schon um achte
Trank roten Wein und lachte.

II
Frühlingsfeier

Das ist des Frühlings traurige Lust!
Die blühenden Mädchen, die wilde Schar,
Sie stürmen dahin, mit flatterndem Haar
Und Jammergeheul und entblößter Brust: –
Adonis! Adonis!

Es sinkt die Nacht. Bei Fackelschein,
Sie suchen hin und her im Wald,
Der angstverwirret widerhallt
Von Weinen und Lachen und Schluchzen und Schrein:
Adonis! Adonis!

Das wunderschöne Jünglingsbild,
Es liegt am Boden blaß und tot,
Das Blut färbt alle Blumen rot,
Und Klagelaut die Luft erfüllt: –
Adonis! Adonis!

III
Childe Harold

Eine starke, schwarze Barke
Segelt trauervoll dahin.
Die vermummten und verstummten
Leichenhüter sitzen drin.

Toter Dichter, stille liegt er,
Mit entblößtem Angesicht;
Seine blauen Augen schauen
Immer noch zum Himmelslicht.

Aus der Tiefe klingts, als riefe
Eine kranke Nixenbraut,
Und die Wellen, sie zerschellen
An dem Kahn, wie Klagelaut.

IV
Die Beschwörung

Der junge Franziskaner sitzt
Einsam in der Klosterzelle,
Er liest im alten Zauberbuch,
Genannt der Zwang der Hölle.

Und als die Mitternachtstunde schlug,
Da konnt er nicht länger sich halten,
Mit bleichen Lippen ruft er an
Die Unterweltsgewalten.

Ihr Geister! holt mir aus dem Grab
Die Leiche der schönsten Frauen,
Belebt sie mir für diese Nacht,
Ich will mich dran erbauen.

Er spricht das grause Beschwörungswort,
Da wird sein Wunsch erfüllet,
Die arme verstorbene Schönheit kommt,
In weißen Laken gehüllet.

Ihr Blick ist traurig. Aus kalter Brust
Die schmerzlichen Seufzer steigen.
Die Tote setzt sich zu dem Mönch,
Sie schauen sich an und schweigen.

V
Aus einem Briefe

Die Sonne spricht:

Was gehn dich meine Blicke an?
Das ist der Sonne gutes Recht,
Sie strahlt auf den Herrn wie auf den Knecht;
Ich strahle, weil ich nicht anders kann.

Was gehn dich meine Blicke an?
Bedenke was deine Pflichten sind,
Nimm dir ein Weib und mach ein Kind,
Und sei ein deutscher Biedermann.

Ich strahle, weil ich nicht anders kann,
Ich wandle am Himmel wohl auf wohl ab,
Aus Langeweile guck ich hinab –
Was gehn dich meine Blicke an?

Der Dichter spricht:

Das ist ja eben meine Tugend,
Daß ich ertrage deinen Blick,
Das Licht der ewgen Seelenjugend,
Blendende Schönheit, Flammenglück!

Jetzt aber fühl ich ein Ermatten
Der Sehkraft, und es sinken nieder,
Wie schwarze Flöre, nächtge Schatten
Auf meine armen Augenlider...

Chor der Affen:

Wir Affen, wir Affen,
Wir glotzen und gaffen
Die Sonne an,
Weil sie es doch nicht wehren kann.

Chor der Frösche:

Im Wasser, im Wasser,
Da ist es noch nasser
Als auf der Erde,
Und ohne Beschwerde
Erquicken
Wir uns an den Sonnenblicken.

Chor der Maulwürfe:

Was doch die Leute Unsinn schwatzen
Von Strahlen und von Sonnenblicken!
Wir fühlen nur ein warmes Jücken,
Und pflegen uns alsdann zu kratzen.

Ein Glühwurm spricht:

Wie sich die Sonne wichtig macht,
Mit ihrer kurzen Tagespracht!
So unbescheiden zeig ich mich nicht,
Und bin doch auch ein großes Licht,
In der Nacht, in der Nacht!

VI
Unstern

Der Stern erstrahlte so munter,
Da fiel er vom Himmel herunter.
Du fragst mich, Kind, was Liebe ist?
Ein Stern in einem Haufen Mist.

Wie 'n räudiger Hund, der verrecket,
So liegt er mit Unrat bedecket.
Es kräht der Hahn, die Sau sie grunzt,
Im Kote wälzt sich ihre Brunst.

O, fiel ich doch in den Garten,
Wo die Blumen meiner harrten,
Wo ich mir oft gewünschet hab
Ein reinliches Sterben, ein duftiges Grab!

VII
Anno 1829

Daß ich bequem verbluten kann,
Gebt mir ein edles, weites Feld!
O, laßt mich nicht ersticken hier
In dieser engen Krämerwelt!

Sie essen gut, sie trinken gut,
Erfreun sich ihres Maulwurfglücks,
Und ihre Großmut ist so groß
Als wie das Loch der Armenbüchs.

Zigarren tragen sie im Maul
Und in der Hosentasch die Händ;

Auch die Verdauungskraft ist gut, –
Wer sie nur selbst verdauen könnt!

Sie handeln mit den Spezerein
Der ganzen Welt, doch in der Luft,
Trotz allen Würzen, riecht man stets
Den faulen Schellfischseelenduft.

O, daß ich große Laster säh,
Verbrechen, blutig, kolossal, –
Nur diese satte Tugend nicht,
Und zahlungsfähige Moral!

Ihr Wolken droben, nehmt mich mit,
Gleichviel nach welchem fernen Ort!
Nach Lappland oder Afrika,
Und seis nach Pommern – fort! nur fort!

O, nehmt mich mit – Sie hören nicht –
Die Wolken droben sind so klug!
Vorüberreisend dieser Stadt,
Ängstlich beschleungen sie den Flug.

VIII
Anno 1839

O, Deutschland, meine ferne Liebe,
Gedenk ich deiner, wein ich fast!
Das muntre Frankreich scheint mir trübe,
Das leichte Volk wird mir zur Last.

Nur der Verstand, so kalt und trocken,
Herrscht in dem witzigen Paris –

O, Narrheitsglöcklein, Glaubensglocken,
Wie klingelt ihr daheim so süß!

Höfliche Männer! Doch verdrossen
Geb ich den artgen Gruß zurück. –
Die Grobheit, die ich einst genossen
Im Vaterland, das war mein Glück!

Lächelnde Weiber! Plappern immer,
Wie Mühlenräder stets bewegt!
Da lob ich Deutschlands Frauenzimmer,
Das schweigend sich zu Bette legt.

Und alles dreht sich hier im Kreise,
Mit Ungestüm, wie ’n toller Traum!
Bei uns bleibt alles hübsch im Gleise,
Wie angenagelt, rührt sich kaum.

Mir ist, als hört ich fern erklingen
Nachtwächterhörner, sanft und traut;
Nachtwächterlieder hör ich singen,
Dazwischen Nachtigallenlaut.

Dem Dichter war so wohl daheime,
In Schildas teurem Eichenhain!
Dort wob ich meine zarten Reime
Aus Veilchenduft und Mondenschein.

IX
In der Frühe

Auf dem Faubourg Saint-Marceau
Lag der Nebel heute Morgen,

Spätherbstnebel, dicht und schwer,
Einer weißen Nacht vergleichbar.

Wandelnd durch die weiße Nacht,
Schaut ich mir vorübergleiten
Eine weibliche Gestalt,
Die dem Mondenlicht vergleichbar.

Ja, sie war wie Mondenlicht
Leichthinschwebend, zart und zierlich;
Solchen schlanken Gliederbau
Sah ich hier in Frankreich niemals.

War es Luna selbst vielleicht,
Die sich heut bei einem schönen,
Zärtlichen Endymion
Des Quartier Latin verspätet?

Auf dem Heimweg dacht ich nach:
Warum floh sie meinen Anblick?
Hielt die Göttin mich vielleicht
Für den Sonnenlenker Phöbus?

X
Ritter Olaf

I

Vor dem Dome stehn zwei Männer,
Tragen beide rote Röcke,
Und der Eine ist der König
Und der Henker ist der Andre.

Und zum Henker spricht der König:
»Am Gesang der Pfaffen merk ich,
Daß vollendet schon die Trauung –
Halt bereit dein gutes Richtbeil.«

Glockenklang und Orgelrauschen,
Und das Volk strömt aus der Kirche;
Bunter Festzug, in der Mitte
Die geschmückten Neuvermählten.

Leichenblaß und bang und traurig
Schaut die schöne Königstochter;
Keck und heiter schaut Herr Olaf,
Und sein roter Mund, der lächelt.

Und mit lächelnd rotem Munde
Spricht er zu dem finstern König:
»Guten Morgen, Schwiegervater,
Heut ist Dir mein Haupt verfallen.

»Sterben soll ich heut – O, laß mich
Nur bis Mitternacht noch leben,
Daß ich meine Hochzeit feire
Mit Bankett und Fackeltänzen.

»Laß mich leben, laß mich leben,
Bis geleert der letzte Becher,
Bis der letzte Tanz getanzt ist –
Laß bis Mitternacht mich leben!«

Und zum Henker spricht der König:
»Unserm Eidam sei gefristet
Bis um Mitternacht sein Leben –
Halt bereit dein gutes Richtbeil.«

2

Herr Olaf sitzt beim Hochzeitschmaus,
Er trinkt den letzten Becher aus.
An seine Schulter lehnt
Sein Weib und stöhnt –
Der Henker steht vor der Türe.

Der Reigen beginnt, und Herr Olaf erfaßt
Sein junges Weib, und mit wilder Hast
Sie tanzen, bei Fackelglanz,
Den letzten Tanz –
Der Henker steht vor der Türe.

Die Geigen geben so lustigen Klang,
Die Flöten seufzen so traurig und bang!
Wer die beiden tanzen sieht,
Dem erbebt das Gemüt –
Der Henker steht vor der Türe.

Und wie sie tanzen, im dröhnenden Saal,
Herr Olaf flüstert zu seinem Gemahl:
»Du weißt nicht, wie lieb ich dich hab –
So kalt ist das Grab –«
Der Henker steht vor der Türe.

3

Herr Olaf, es ist Mitternacht,
Dein Leben ist verflossen!
Du hattest eines Fürstenkinds
In freier Lust genossen.

Die Mönche murmeln das Totengebet,
Der Mann im roten Rocke
Er steht mit seinem blanken Beil
Schon vor dem schwarzen Blocke.

Herr Olaf steigt in den Hof hinab,
Da blinken viel Schwerter und Lichter.
Es lächelt des Ritters roter Mund,
Mit lächelndem Munde spricht er:

»Ich segne die Sonne, ich segne den Mond,
Und die Stern, die am Himmel schweifen.
Ich segne auch die Vögelein,
Die in den Lüften pfeifen.

»Ich segne das Meer, ich segne das Land,
Und die Blumen auf der Aue.
Ich segne die Veilchen, sie sind so sanft
Wie die Augen meiner Fraue.

»Ihr Veilchenaugen meiner Frau,
Durch Euch verlier ich mein Leben!
Ich segne auch den Holunderbaum,
Wo du dich mir ergeben.«

XI
Die Nixen

Am einsamen Strande plätschert die Flut,
Der Mond ist aufgegangen,
Auf weißer Düne der Ritter ruht,
Von bunten Träumen befangen.

Die schönen Nixen, im Schleiergewand,
Entsteigen der Meerestiefe.
Sie nahen sich leise dem jungen Fant,
Sie glaubten wahrhaftig, er schliefe.

Die Eine betastet mit Neubegier
Die Federn auf seinem Barette.
Die Andre nestelt am Bandelier
Und an der Waffenkette.

Die Dritte lacht, und ihr Auge blitzt,
Sie zieht das Schwert aus der Scheide,
Und auf dem blanken Schwert gestützt
Beschaut sie den Ritter mit Freude.

Die Vierte tänzelt wohl hin und her
Und flüstert aus tiefem Gemüte:
»O, daß ich doch dein Liebchen wär,
Du holde Menschenblüte!«

Die Fünfte küßt des Ritters Händ,
Mit Sehnsucht und Verlangen;
Die Sechste zögert und küßt am End
Die Lippen und die Wangen.

Der Ritter ist klug, es fällt ihm nicht ein,
Die Augen öffnen zu müssen;
Er läßt sich ruhig im Mondenschein
Von schönen Nixen küssen.

XII
Bertrand de Born

Ein edler Stolz in allen Zügen,
Auf seiner Stirn Gedankenspur,
Er konnte jedes Herz besiegen,
Bertrand de Born, der Troubadour.

Es kirrten seine süßen Töne
Die Löwin des Plantagenets;
Die Tochter auch, die beiden Söhne,
Er sang sie alle in sein Netz.

Wie er den Vater selbst betörte!
In Tränen schmolz des Königs Zorn,
Als er ihn lieblich reden hörte,
Den Troubadour, Bertrand de Born.

XIII
Frühling

Die Wellen blinken und fließen dahin –
Es liebt sich so lieblich im Lenze!
Am Flusse sitzt die Schäferin
Und windet die zärtlichsten Kränze.

Das knospet und quillt, mit duftender Lust –
Es liebt sich so lieblich im Lenze!
Die Schäferin seufzt aus tiefer Brust:
Wem geb ich meine Kränze?

Ein Reuter reutet den Fluß entlang,
Er grüßt so blühenden Mutes!

Die Schäferin schaut ihm nach so bang,
Fern flattert die Feder des Hutes.

Sie weint und wirft in den gleitenden Fluß
Die schönen Blumenkränze.
Die Nachtigall singt von Lieb und Kuß –
Es liebt sich so lieblich im Lenze!

XIV
Ali Bey

Ali Bey, der Held des Glaubens,
Liegt beglückt in Mädchenarmen.
Vorgeschmack des Paradieses
Gönnt ihm Allah schon auf Erden.

Odalisken, schön wie Houris,
Und geschmeidig wie Gasellen –
Kräuselt ihm den Bart die Eine,
Glättet seine Stirn die Andre.

Und die Dritte schlägt die Laute,
Singt und tanzt, und küßt ihn lachend
Auf das Herz, worin die Flammen
Aller Seligkeiten lodern.

Aber draußen plötzlich schmettern
Die Trompeten, Schwerter rasseln,
Waffenruf und Flintenschüsse –
Herr, die Franken sind im Anmarsch!

Und der Held besteigt sein Schlachtroß,
Fliegt zum Kampf, doch wie im Traume; –

Denn ihm ist zu Sinn, als läg er
Immer noch in Mädchenarmen.

Während er die Frankenköpfe
Dutzendweis heruntersäbelt,
Lächelt er wie ein Verliebter,
Ja, er lächelt sanft und zärtlich.

XV
Psyche

In der Hand die kleine Lampe,
In der Brust die große Glut,
Schleichet Psyche zu dem Lager,
Wo der holde Schläfer ruht.

Sie errötet und sie zittert,
Wie sie seine Schönheit sieht –
Der enthüllte Gott der Liebe,
Er erwacht und er entflieht.

Achtzehnhundertjährge Buße!
Und die Ärmste stirbt beinah!
Psyche fastet und kasteit sich,
Weil sie Amorn nackend sah.

XVI
Die Unbekannte

Meiner goldgelockten Schönen
Weiß ich täglich zu begegnen,
In dem Tuileriengarten,
Unter den Kastanienbäumen.

Täglich geht sie dort spazieren,
Mit zwei häßlich alten Damen –
Sind es Tanten? Sinds Dragoner,
Die vermummt in Weiberröcken?

Niemand konnt mir Auskunft geben,
Wer sie sei? Bei allen Freunden
Frug ich nach, und stets vergebens!
Ich erkrankte fast vor Sehnsucht.

Eingeschüchtert von dem Schnurrbart
Ihrer zwei Begleiterinnen,
Und von meinem eignen Herzen
Noch viel strenger eingeschüchtert,

Wagt ich nie ein seufzend Wörtchen
Im Vorübergehn zu flüstern,
Und ich wagte kaum mit Blicken
Meine Flamme zu bekunden.

Heute erst hab ich erfahren
Ihren Namen. Laura heißt sie,
Wie die schöne Provenzalin,
Die der große Dichter liebte.

Laura heißt sie! Nun da bin ich
Just so weit wie einst Petrarcha,
Der das schöne Weib gefeiert
In Kanzonen und Sonetten.

Laura heißt sie! Wie Petrarcha
Kann ich jetzt platonisch schwelgen
In dem Wohllaut dieses Namens –
Weiter hat ers nie gebracht.

XVII
Wechsel

Mit Brünetten hats ein Ende!
Ich gerate dieses Jahr
Wieder in die blauen Augen,
Wieder in das blonde Haar.

Die Blondine, die ich liebe,
Ist so fromm, so sanft, so mild!
In der Hand den Liljenstengel,
Wäre sie ein Heilgenbild.

Schlanke, schwärmerische Glieder,
Wenig Fleisch, sehr viel Gemüt;
Und für Liebe, Hoffnung, Glaube
Ihre ganze Seele glüht.

Sie behauptet, sie verstünde
Gar kein Deutsch – ich glaub es nicht.
Niemals hättest du gelesen
Klopstocks himmlisches Gedicht?

XVIII
Fortuna

Frau Fortuna, ganz umsunst
Tust du spröde! deine Gunst
Weiß ich mir, durch Kampf und Ringen,
Zu erbeuten, zu erzwingen.

Überwältigt wirst du doch,
Und ich spanne dich ins Joch,

Und du streckst am End die Waffen –
Aber meine Wunden klaffen.

Es verströmt mein rotes Blut,
Und der schöne Lebensmut
Will erlöschen; ich erliege
Und ich sterbe nach dem Siege.

XIX
Klagelied eines altdevtschen Jünglings

Wohl dem, dem noch die Tugend lacht,
Weh dem, der sie verlieret!
Es haben mich armen Jüngling
Die bösen Gesellen verführet.

Sie haben mich um mein Geld gebracht,
Mit Karten und mit Knöcheln;
Es trösteten mich die Mädchen,
Mit ihrem holden Lächeln.

Und als sie mich ganz besoffen gemacht
Und meine Kleider zerrissen,
Da ward ich armer Jüngling
Zur Tür hinausgeschmissen.

Und als ich des Morgens früh erwacht,
Wie wundr ich mich über die Sache!
Da saß ich armer Jüngling
Zu Kassel auf der Wache. –

XX
Laß ab!

Der Tag ist in die Nacht verliebt,
Der Frühling in den Winter,
Das Leben verliebt in den Tod –
Und du, du liebest mich!

Du liebst mich – schon erfassen dich
Die grauenhaften Schatten,
All deine Blüte welkt,
Und deine Seele verblutet.

Laß ab von mir, und liebe nur
Die heiteren Schmetterlinge,
Die da gaukeln im Sonnenlicht –
Laß ab von mir und dem Unglück.

XXI
Frau Mette

Nach dem Dänischen

Herr Peter und Bender saßen beim Wein,
Herr Bender sprach: Ich wette,
Bezwänge dein Singen die ganze Welt,
Doch nimmer bezwingt es Frau Mette.

Herr Peter sprach: Ich wette mein Roß,
Wohl gegen deine Hunde,
Frau Mette sing ich nach meinem Hof,
Noch heut, in der Mitternachtstunde.

Und als die Mitternachtstunde kam,
Herr Peter hub an zu singen;
Wohl über den Fluß, wohl über den Wald
Die süßen Töne dringen.

Die Tannenbäume horchen so still,
Die Flut hört auf zu rauschen,
Am Himmel zittert der blasse Mond,
Die klugen Sterne lauschen.

Frau Mette erwacht aus ihrem Schlaf:
Wer singt vor meiner Kammer?
Sie achselt ihr Kleid, sie schreitet hinaus; –
Das ward zu großem Jammer.

Wohl durch den Wald, wohl durch den Fluß,
Sie schreitet unaufhaltsam;
Herr Peter zog sie nach seinem Hof
Mit seinem Liede gewaltsam.

Und als sie Morgens nach Hause kam,
Vor der Türe stand Herr Bender:
»Frau Mette, wo bist du gewesen zur Nacht,
Es triefen deine Gewänder?«

Ich war heut Nacht am Nixenfluß,
Dort hört ich prophezeien,
Es plätscherten und bespritzten mich
Die neckenden Wasserfeien.

»Am Nixenfluß ist feiner Sand,
Dort bist du nicht gegangen,
Zerrissen und blutig sind deine Füß,
Auch bluten deine Wangen.«

Ich war heut Nacht im Elfenwald,
Zu schauen den Elfenreigen,
Ich hab mir verwundet Fuß und Gesicht,
An Dornen und Tannenzweigen.

»Die Elfen tanzen im Monat Mai,
Auf weichen Blumenfeldern,
Jetzt aber herrscht der kalte Herbst
Und heult der Wind in den Wäldern.«

Bei Peter Nielsen war ich heut Nacht,
Er sang, und zaubergewaltsam,
Wohl durch den Wald, wohl durch den Fluß,
Es zog mich unaufhaltsam.

Sein Lied ist stark als wie der Tod,
Es lockt in Nacht und Verderben.
Noch brennt mir im Herzen die tönende Glut;
Ich weiß, jetzt muß ich sterben. –

Die Kirchentür ist schwarz behängt,
Die Trauerglocken läuten;
Das soll den jämmerlichen Tod
Der armen Frau Mette bedeuten.

Herr Bender steht vor der Leichenbahr,
Und seufzt aus Herzensgrunde:
Nun hab ich verloren mein schönes Weib
Und meine treuen Hunde.

XXII
Begegnung

Wohl unter der Linde erklingt die Musik,
Da tanzen die Burschen und Mädel,
Da tanzen zwei, die niemand kennt,
Sie schaun so schlank und edel.

Sie schweben auf, sie schweben ab,
In seltsam fremder Weise,
Sie lachen sich an, sie schütteln das Haupt,
Das Fräulein flüstert leise:

»Mein schöner Junker, auf Eurem Hut
Schwankt eine Neckenlilje,
Die wächst nur tief in Meeresgrund –
Ihr stammt nicht aus Adams Familie.

»Ihr seid der Wassermann, Ihr wollt
Verlocken des Dorfes Schönen.
Ich hab Euch erkannt, beim ersten Blick,
An Euren fischgrätigen Zähnen.«

Sie schweben auf, sie schweben ab,
In seltsam fremder Weise,
Sie lachen sich an, sie schütteln das Haupt,
Der Junker flüstert leise:

»Mein schönes Fräulein, sagt mir, warum
So eiskalt Eure Hand ist?
Sagt mir, warum so naß der Saum
An Eurem weißen Gewand ist?

»Ich hab Euch erkannt, beim ersten Blick,
An Eurem spöttischen Knixe –
Du bist kein irdisches Menschenkind,
Du bist mein Mühmchen, die Nixe.«

Die Geigen verstummen, der Tanz ist aus,
Es trennen sich höflich die beiden.
Sie kennen sich leider viel zu gut,
Suchen sich jetzt zu vermeiden.

XXIII
König Harald Harfagar

Der König Harald Harfagar
Sitzt unten in Meeresgründen,
Bei seiner schönen Wasserfee;
Die Jahre kommen und schwinden.

Von Nixenzauber gebannt und gefeit,
Er kann nicht leben, nicht sterben;
Zweihundert Jahre dauert schon
Sein seliges Verderben.

Des Königs Haupt liegt auf dem Schoß
Der holden Frau, und mit Schmachten
Schaut er nach ihren Augen empor;
Kann nicht genug sie betrachten.

Sein goldnes Haar ward silbergrau,
Es treten die Backenknochen
Gespenstisch hervor aus dem gelben Gesicht,
Der Leib ist welk und gebrochen.

Manchmal aus seinem Liebestraum
Wird er plötzlich aufgeschüttert,
Denn droben stürmt so wild die Flut
Und das gläserne Schloß erzittert.

Manchmal ist ihm, als hört er im Wind
Normannenruf erschallen;
Er hebt die Arme mit freudiger Hast,
Läßt traurig sie wieder fallen.

Manchmal ist ihm, als hört er gar,
Wie die Schiffer singen hier oben
Und den König Harald Harfagar
Im Heldenliede loben.

Der König stöhnt und schluchzt und weint
Alsdann aus Herzensgrunde.
Schnell beugt sich hinab die Wasserfee
Und küßt ihn mit lachendem Munde.

UNTERWELT

1

Blieb ich doch ein Junggeselle! –
Seufzet Pluto tausendmal –
Jetzt, in meiner Ehstandsqual,
Merk ich, früher ohne Weib
War die Hölle keine Hölle.

Blieb ich doch ein Junggeselle!
Seit ich Proserpinen hab,
Wünsch ich täglich mich ins Grab!
Wenn sie keift, so hör ich kaum
Meines Cerberus Gebelle.

Stets vergeblich, stets nach Frieden
Ring ich. Hier im Schattenreich
Kein Verdammter ist mir gleich!
Ich beneide Sisyphus
Und die edlen Danaiden.

2

Auf goldenem Stuhl, im Reiche der Schatten,
Zur Seite des königlichen Gatten,
Sitzt Proserpine
Mit finstrer Miene,
Und im Herzen seufzet sie traurig:

Ich lechze nach Rosen, nach Sangesergüssen
Der Nachtigall, nach Sonnenküssen –

Und hier unter bleichen
Lemuren und Leichen
Mein junges Leben vertraur ich!

Bin festgeschmiedet am Ehejoche,
In diesem verwünschten Rattenloche!
Und des Nachts die Gespenster,
Sie schaun mir ins Fenster,
Und der Styx, er murmelt so schaurig!

Heut hab ich den Charon zu Tische geladen –
Glatzköpfig ist er und ohne Waden –
Auch die Totenrichter,
Langweilge Gesichter –
In solcher Gesellschaft versaur ich.

3

Während solcherlei Beschwerde
In der Unterwelt sich häuft,
Jammert Ceres auf der Erde.
Die verrückte Göttin läuft,
Ohne Haube, ohne Kragen,
Schlotterbusig durch das Land,
Deklamierend jene Klagen,
Die Euch allen wohlbekannt:

»Ist der holde Lenz erschienen?
Hat die Erde sich verjüngt?
Die besonnten Hügel grünen,
Und des Eises Rinde springt.
Aus der Ströme blauem Spiegel
Lacht der unbewölkte Zeus,
Milder wehen Zephyrs Flügel,

Augen treibt das junge Reis.
In dem Hain erwachen Lieder,
Und die Oreade spricht:
Deine Blumen kehren wieder,
Deine Tochter kehret nicht.

»Ach wie lang ists, daß ich walle
Suchend durch der Erde Flur!
Titan, deine Strahlen alle
Sandt ich nach der teuren Spur!
Keiner hat mir noch verkündet
Von dem lieben Angesicht,
Und der Tag, der alles findet,
Die Verlorne fand er nicht.
Hast du, Zeus, sie mir entrissen?
Hat, von ihrem Reiz gerührt,
Zu des Orkus schwarzen Flüssen
Pluto sie hinabgeführt?

»Wer wird nach dem düstern Strande
Meines Grames Bote sein?
Ewig stößt der Kahn vom Lande,
Doch nur Schatten nimmt er ein.
Jedem selgen Aug verschlossen
Bleibt das nächtliche Gefild,
Und solang der Styx geflossen,
Trug er kein lebendig Bild.
Nieder führen tausend Steige,
Keiner führt zum Tag zurück;
Ihre Träne bringt kein Zeuge
Vor der bangen Mutter Blick.«

4

Meine Schwiegermutter Ceres!
Laß die Klagen, laß die Bitten!
Dein Verlangen, ich gewähr es –
Habe selbst so viel gelitten!

Tröste dich, wir wollen ehrlich
Den Besitz der Tochter teilen,
Und sechs Monden soll sie jährlich
Auf der Oberwelt verweilen.

Hilft dir dort an Sommertagen
Bei den Ackerbaugeschäften;
Einen Strohhut wird sie tragen,
Wir auch Blumen daran heften.

Schwärmen wird sie, wenn den Himmel
Überzieht die Abendröte
Und am Bach ein Bauerlümmel
Zärtlich bläst die Hirtenflöte.

Wird sich freun mit Gret und Hänschen
Bei des Erntefestes Reigen;
Unter Schöpsen, unter Gänschen,
Wird sie sich als Löwin zeigen.

Süße Ruh! Ich kann verschnaufen
Hier im Orkus unterdessen!
Punsch mit Lethe will ich saufen,
Um die Gattin zu vergessen.

5

»Zuweilen dünkt es mich, als trübe
Geheime Sehnsucht deinen Blick –
Ich kenn es wohl, dein Mißgeschick:
Verfehltes Leben, verfehlte Liebe!

»Du nickst so traurig! Wiedergeben
Kann ich dir nicht die Jugendzeit –
Unheilbar ist dein Herzeleid:
Verfehlte Liebe, verfehltes Leben!«

Zur Ollea

I
Maultiertum

Dein Vater, wie ein jeder weiß,
Ein Esel leider war der Gute;
Doch deine Mutter, hochgesinnt,
War eine edle Vollblutstute.

Tatsache ist dein Maultiertum,
Wie sehr du dessen dich erwehrest;
Doch sagen darfst du guten Fugs,
Daß du den Pferden angehörest, –

Daß du abstammst vom Bucephal,
Dem stolzen Gaul, daß deine Ahnen
Geharnischt nach dem heilgen Grab
Gefolgt den frommen Kreuzzugfahnen, –

Daß du zu deiner Sippschaft zählst
Den hohen Schimmel, den geritten
Herr Gottfried von Bouillon, am Tag
Wo er die Gottesstatt erstritten; –

Kannst sagen auch, daß Roß-Bayard
Dein Vetter war, daß deine Tante
Den Ritter Don Quixote trug,
Die heldenmütge Rosinante.

Freilich, daß Sanchos Grauchen auch
Mit dir verwandt, mußt du nicht sagen;
Verleugne gar das Eselein,
Das unsern Heiland einst getragen.

Auch ist nicht nötig, daß du just
Ein Langohr in dein Wappen setzest.
Sei deines eignen Werts Wardein –
Du giltst so hoch, wie du dich schätzest.

II
Symbolik des Unsinns

Wir heben nun zu singen an
Das Lied von einer Nummer,
Die ist geheißen Nummer Drei;
Nach Freuden kommt der Kummer.

Arabischen Ursprungs war sie zwar,
Doch christentümlich frummer
In ganz Europa niemand war
Wie jene brave Nummer.

Sie war ein Muster der Sittlichkeit
Und wurde rot wie ein Hummer,
Fand sie den Knecht im Bette der Magd;
Gab beiden einen Brummer.

Des Morgens trank sie den Kaffee
Um sieben Uhr im Summer,
Im Winter um neun, und in der Nacht
Genoß sie den besten Schlummer.

Jetzt aber ändert sich der Reim,
Und ändern sich die Tage;
Es muß die arme Nummer Drei
Erdulden Pein und Plage.

Da kam ein Schuster und sagte: der Kopf
Der Nummer Drei, der sähe
Wie eine kleine Sieben aus,
Die auf einem Halbmond stehe.

Die Sieben sei aber die mystische Zahl
Der alten Pythagoräer,
Der Halbmond bedeute Dianendienst,
Er mahne auch an Sabäer.

Sie selber, die Drei, sei Schiboleth
Des Oberbonzen von Babel;
Durch dessen Buhlschaft sie einst gebar
Die heilge Dreieinigkeitsfabel.

Ein Kürschner bemerkte dagegen: die Drei
Sei eine fromme Trulle,
Verehrt von unsern Vätern, die einst
Geglaubt an jede Schrulle.

Da war ein Schneider, der lächelnd sprach,
Daß gar nicht existiere
Die Nummer Drei, daß sie sich nur
Befinde auf dem Papiere.

Als solches hörte die arme Drei,
Wie eine verzweifelte Ente
Sie wackelte hin, sie wackelte her,
Sie jammerte und flennte:

Ich bin so alt wie das Meer und der Wald,
Wie die Stern, die am Himmel blinken;
Sah Reiche entstehn, sah Reiche vergehn
Und Völker aufsteigen und sinken.

Ich stand am schnurrenden Webstuhl der Zeit
Wohl manches lange Jahrtausend;
Ich sah der Natur in den schaffenden Bauch,
Das wogte brausend und sausend.

Und dennoch widerstand ich dem Sturm
Der sinnlich dunkeln Gewalten –
Ich habe meine Jungferschaft
In all dem Spektakel behalten.

Was hilft mir meine Tugend jetzt?
Mich höhnen Weise und Toren;
Die Welt ist schlecht und ungerecht,
Läßt niemand ungeschoren.

Doch tröste dich, mein Herz, dir blieb
Dein Lieben, Hoffen, Glauben,
Auch guter Kaffee und ein Schlückchen Rum,
Das kann keine Skepsis mir rauben.

III
Hoffart

O Gräfin Gudel von Gudelfeld,
Dir huldigt die Menschheit, denn du hast Geld!
Du wirst mit Vieren kutschieren,
Man wird dich bei Hof präsentieren.
Es trägt dich die goldne Karosse
Zum kerzenschimmernden Schlosse;
Es rauschet deine Schleppe
Hinauf die Marmortreppe;
Dort oben, in bunten Reihen,
Da stehen die Diener und schreien:
Madame la comtesse de Gudelfeld.

Stolz, in der Hand den Fächer,
Wandelst du durch die Gemächer.
Belastet mit Diamanten
Und Perlen und Brüsseler Kanten,
Dein weißer Busen schwellet
Und freudig überquellet.
Das ist ein Lächeln und Nicken
Und Knixen und tiefes Bücken!
Die Herzogin von Pavia
Die nennt dich: cara mia.

Die Junker und die Schranzen,
Die wollen mit dir tanzen;
Und der Krone witziger Erbe
Ruft laut im Saal: Süperbe
Schwingt sie den Steiß, die Gudelfeld!

Doch, Ärmste, hast du einst kein Geld,
Dreht dir den Rücken die ganze Welt.
Es werden die Lakaien
Auf deine Schleppe speien.
Statt Bückling und Scherwenzen
Gibts nur Impertinenzen.
Die cara mia bekreuzt sich,
Und der Kronprinz ruft und schneuzt sich:
Nach Knoblauch riecht die Gudelfeld.

IV
Wandere!

Wenn dich ein Weib verraten hat,
So liebe flink eine Andre;
Noch besser wär es, du ließest die Stadt –
Schnüre den Ranzen und wandre!

Du findest bald einen blauen See,
Umringt von Trauerweiden;
Hier weinst du aus dein kleines Weh
Und deine engen Leiden.

Wenn du den steilen Berg ersteigst,
Wirst du beträchtlich ächzen;
Doch wenn du den felsigen Gipfel erreichst,
Hörst du die Adler krächzen.

Dort wirst du selbst ein Adler fast,
Du bist wie neugeboren,
Du fühlst dich frei, du fühlst: du hast
Dort unten nicht viel verloren.

V
Winter

Die Kälte kann wahrlich brennen
Wie Feuer. Die Menschenkinder
Im Schneegestöber rennen
Und laufen immer geschwinder.

O, bittre Winterhärte!
Die Nasen sind erfroren,
Und die Klavierkonzerte
Zerreißen uns die Ohren.

Weit besser ist es im Summer,
Da kann ich im Walde spazieren
Allein mit meinem Kummer
Und Liebeslieder skandieren.

VI
Altes Kaminstück

Draußen ziehen weiße Flocken
Durch die Nacht, der Sturm ist laut;
Hier im Stübchen ist es trocken,
Warm und einsam, stillvertraut.

Sinnend sitz ich auf dem Sessel,
An dem knisternden Kamin,
Kochend summt der Wasserkessel
Längst verklungne Melodien.

Und ein Kätzchen sitzt daneben,
Wärmt die Pfötchen an der Glut;
Und die Flammen schweben, weben,
Wundersam wird mir zu Mut.

Dämmernd kommt heraufgestiegen
Manche längst vergeßne Zeit,
Wie mit bunten Maskenzügen
Und verblichner Herrlichkeit.

Schöne Fraun, mit kluger Miene,
Winken süßgeheimnisvoll,
Und dazwischen Harlekine
Springen, lachen, lustigtoll.

Ferne grüßen Marmorgötter,
Traumhaft neben ihnen stehn
Märchenblumen, deren Blätter
In dem Mondenlichte wehn.

Wackelnd kommt herbeigeschwommen
Manches alte Zauberschloß;
Hintendrein geritten kommen
Blanke Ritter, Knappentroß.

Und das alles zieht vorüber,
Schattenhastig übereilt –
Ach! da kocht der Kessel über,
Und das nasse Kätzchen heult.

VII
Sehnsüchtelei

In dem Traum siehst du die stillen
Fabelhaften Blumen prangen;
Und mit Sehnsucht und Verlangen
Ihre Düfte dich erfüllen.

Doch von diesen Blumen scheidet
Dich ein Abgrund tief und schaurig,
Und dein Herz wird endlich traurig,
Und es blutet und es leidet.

Wie sie locken, wie sie schimmern!
Ach, wie komm ich da hinüber?
Meister Hämmerling, mein Lieber,
Kannst du mir die Brücke zimmern?

VIII
Helena

Du hast mich beschworen aus dem Grab
Durch deinen Zauberwillen,

Belebtest mich mit Wollustglut –
Jetzt kannst du die Glut nicht stillen.

Preß deinen Mund an meinen Mund,
Der Menschen Odem ist göttlich!
Ich trinke deine Seele aus,
Die Toten sind unersättlich.

IX
Kluge Sterne

Die Blumen erreicht der Fuß so leicht,
Auch werden zertreten die meisten;
Man geht vorbei und tritt entzwei
Die blöden wie die dreisten.

Die Perlen ruhn in Meerestruhn,
Doch weiß man sie aufzuspüren;
Man bohrt ein Loch und spannt sie ins Joch,
Ins Joch von seidenen Schnüren.

Die Sterne sind klug, sie halten mit Fug
Von unserer Erde sich ferne;
Am Himmelszelt, als Lichter der Welt,
Stehn ewig sicher die Sterne.

X
Die Engel

Freilich, ein ungläubger Thomas,
Glaub ich an den Himmel nicht,
Den die Kirchenlehre Romas
Und Jerusalems verspricht.

Doch die Existenz der Engel,
Die bezweifelte ich nie;
Lichtgeschöpfe sonder Mängel,
Hier auf Erden wandeln sie.

Nur, genädge Frau, die Flügel
Sprech ich jenen Wesen ab;
Engel gibt es ohne Flügel,
Wie ich selbst gesehen hab.

Lieblich mit den weißen Händen,
Lieblich mit dem schönen Blick
Schützen sie den Menschen, wenden
Von ihm ab das Mißgeschick.

Ihre Huld und ihre Gnaden
Trösten jeden, doch zumeist
Ihn, der doppelt qualbeladen,
Ihn, den man den Dichter heißt.

Zeitgedichte

I
Doktrin

Schlage die Trommel und fürchte dich nicht,
Und küsse die Marketenderin!
Das ist die ganze Wissenschaft,
Das ist der Bücher tiefster Sinn.

Trommle die Leute aus dem Schlaf,
Trommle Reveille mit Jugendkraft,
Marschiere trommelnd immer voran,
Das ist die ganze Wissenschaft.

Das ist die Hegelsche Philosophie,
Das ist der Bücher tiefster Sinn!
Ich hab sie begriffen, weil ich gescheit,
Und weil ich ein guter Tambour bin.

II
Adam der Erste

Du schicktest mit dem Flammenschwert
Den himmlischen Gendarmen,
Und jagtest mich aus dem Paradies,
Ganz ohne Recht und Erbarmen!

Ich ziehe fort mit meiner Frau
Nach andren Erdenländern;
Doch daß ich genossen des Wissens Frucht,
Das kannst du nicht mehr ändern.

Du kannst nicht ändern, daß ich weiß,
Wie sehr du klein und nichtig,

Und machst du dich auch noch so sehr
Durch Tod und Donnern wichtig.

O Gott! wie erbärmlich ist doch dies
Consilium-abeundi!
Das nenne ich einen Magnifikus
Der Welt, ein Lumen-Mundi!

Vermissen werde ich nimmermehr
Die paradiesischen Räume;
Das war kein wahres Paradies –
Es gab dort verbotene Bäume.

Ich will mein volles Freiheitsrecht!
Find ich die gringste Beschränknis,
Verwandelt sich mir das Paradies
In Hölle und Gefängnis.

III
Warnung

Solche Bücher läßt du drucken!
Teurer Freund, du bist verloren!
Willst du Geld und Ehre haben,
Mußt du dich gehörig ducken.

Nimmer hätt ich dir geraten
So zu sprechen vor dem Volke,
So zu sprechen von den Pfaffen
Und von hohen Potentaten!

Teurer Freund, du bist verloren!
Fürsten haben lange Arme,

Pfaffen haben lange Zungen,
Und das Volk hat lange Ohren!

IV
An einen ehemaligen Goetheaner
1832

Hast du wirklich dich erhoben
Aus dem müßig kalten Dunstkreis,
Womit einst der kluge Kunstgreis
Dich von Weimar aus umwoben?

Gnügt dir nicht mehr die Bekanntschaft
Seiner Klärchen, seiner Gretchen?
Fliehst du Serlos keusche Mädchen
Und Ottiliens Wahlverwandtschaft?

Nur Germanien willst du dienen,
Und mit Mignon ists vorbei heut,
Und du strebst nach größrer Freiheit
Als du fandest bei Philinen?

Für des Volkes Oberhoheit
Lünebürgertümlich kämpfst du,
Und mit kühnen Worten dämpfst du
Der Despoten Bundesroheit!

In der Fern hör ich mit Freude,
Wie man voll von deinem Lob ist,
Und wie du der Mirabeau bist
Von der lüneburger Heide!

V
Geheimnis

Wir seufzen nicht, das Aug ist trocken,
Wir lächeln oft, wir lachen gar!
In keinem Blick, in keiner Miene,
Wird das Geheimnis offenbar.

Mit seinen stummen Qualen liegt es
In unsrer Seele blutgem Grund;
Wird es auch laut im wilden Herzen,
Krampfhaft verschlossen bleibt der Mund.

Frag du den Säugling in der Wiege,
Frag du die Toten in dem Grab,
Vielleicht daß diese dir entdecken
Was ich dir stets verschwiegen hab.

VI
Bei des Nachtwächters Ankunft zu Paris

»Nachtwächter mit langen Fortschrittsbeinen,
Du kommst so verstört einhergerannt!
Wie geht es daheim den lieben Meinen,
Ist schon befreit das Vaterland?«

Vortrefflich geht es, der stille Segen,
Er wuchert im sittlich gehüteten Haus,
Und ruhig und sicher, auf friedlichen Wegen,
Entwickelt sich Deutschland von innen heraus.

Nicht oberflächlich wie Frankreich blüht es,
Wo Freiheit das äußere Leben bewegt;

Nur in der Tiefe des Gemütes
Ein deutscher Mann die Freiheit trägt.

Der Dom zu Cöllen wird vollendet,
Den Hohenzollern verdanken wir das;
Habsburg hat auch dazu gespendet,
Ein Wittelsbach schickt Fensterglas.

Die Konstitution, die Freiheitsgesetze,
Sie sind uns versprochen, wir haben das Wort,
Und Königsworte, das sind Schätze,
Wie tief im Rhein der Niblungshort.

Der freie Rhein, der Brutus der Flüsse,
Er wird uns nimmermehr geraubt!
Die Holländer binden ihm die Füße,
Die Schwyzer halten fest sein Haupt.

Auch eine Flotte will Gott uns bescheren,
Die patriotische Überkraft
Wird lustig rudern auf deutschen Galeeren;
Die Festungsstrafe wird abgeschafft.

Es blüht der Lenz, es platzen die Schoten,
Wir atmen frei in der freien Natur!
Und wird uns der ganze Verlag verboten,
So schwindet am Ende von selbst die Zensur.

VII
Der Tambourmajor

Das ist der alte Tambourmajor,
Wie ist er jetzt herunter!

Zur Kaiserzeit stand er in Flor,
Da war er glücklich und munter.

Er balancierte den großen Stock,
Mit lachendem Gesichte;
Die silbernen Tressen auf seinem Rock,
Die glänzten im Sonnenlichte.

Wenn er mit Trommelwirbelschall
Einzog in Städten und Städtchen,
Da schlug das Herz im Widerhall
Den Weibern und den Mädchen.

Er kam und sah und siegte leicht
Wohl über alle Schönen;
Sein schwarzer Schnurrbart wurde feucht
Von deutschen Frauentränen.

Wir mußten es dulden! In jedem Land,
Wo die fremden Eroberer kamen,
Der Kaiser die Herren überwand,
Der Tambourmajor die Damen.

Wir haben lange getragen das Leid,
Geduldig wie deutsche Eichen,
Bis endlich die hohe Obrigkeit
Uns gab das Befreiungszeichen.

Wie in der Kampfbahn der Auerochs
Erhuben wir unsere Hörner,
Entledigten uns des fränkischen Jochs
Und sangen die Lieder von Körner.

Entsetzliche Verse! Sie klangen ins Ohr
Gar schauderhaft den Tyrannen!
Der Kaiser und der Tambourmajor,
Sie flohen erschrocken von dannen.

Sie ernteten beide den Sündenlohn
Und nahmen ein schlechtes Ende.
Es fiel der Kaiser Napoleon
Den Briten in die Hände.

Wohl auf der Insel Sankt-Helena,
Sie marterten ihn gar schändlich;
Am Magenkrebse starb er da
Nach langen Leiden endlich.

Der Tambourmajor, er ward entsetzt
Gleichfalls von seiner Stelle.
Um nicht zu verhungern, dient er jetzt
Als Hausknecht in unserm Hotele.

Er heizt den Ofen, er fegt den Topf,
Muß Holz und Wasser schleppen.
Mit seinem wackelnd greisen Kopf
Keucht er herauf die Treppen.

Wenn mich der Fritz besucht, so kann
Er nicht den Spaß sich versagen,
Den drollig schlotternd langen Mann
Zu nergeln und zu plagen.

Laß ab mit Spöttelein, o Fritz!
Es ziemt Germanias Söhnen
Wohl nimmermehr mit schlechtem Witz
Gefallene Größe zu höhnen.

Du solltest mit Pietät, mich deucht,
Behandeln solche Leute;
Der Alte ist dein Vater vielleicht
Von mütterlicher Seite.

VIII
Entartung

Hat die Natur sich auch verschlechtert,
Und nimmt sie Menschenfehler an?
Mich dünkt, die Pflanzen und die Tiere,
Sie lügen jetzt wie jedermann.

Ich glaub nicht an der Lilje Keuschheit.
Es buhlt mit ihr der bunte Geck,
Der Schmetterling; der küßt und flattert
Am End mit ihrer Unschuld weg.

Von der Bescheidenheit der Veilchen
Halt ich nicht viel. Die kleine Blum,
Mit den koketten Düften lockt sie,
Und heimlich dürstet sie nach Ruhm.

Ich zweifle auch, ob sie empfindet,
Die Nachtigall, das was sie singt;
Sie übertreibt und schluchzt und trillert
Nur aus Routine, wie mich dünkt.

Die Wahrheit schwindet von der Erde,
Auch mit der Treu ist es vorbei.
Die Hunde wedeln noch und stinken
Wie sonst, doch sind sie nicht mehr treu.

IX
Heinrich

Auf dem Schloßhof zu Canossa
Steht der deutsche Kaiser Heinrich,
Barfuß und im Büßerhemde,
Und die Nacht ist kalt und regnicht.

Droben aus dem Fenster lugen
Zwo Gestalten, und der Mondschein
Überflimmert Gregors Kahlkopf
Und die Brüste der Mathildis.

Heinrich, mit den blassen Lippen,
Murmelt fromme Paternoster;
Doch im tiefen Kaiserherzen
Heimlich knirscht er, heimlich spricht er:

»Fern in meinen deutschen Landen
Heben sich die starken Berge,
Und im stillen Bergesschachte
Wächst das Eisen für die Streitaxt.

»Fern in meinen deutschen Landen
Heben sich die Eichenwälder,
Und im Stamm der höchsten Eiche
Wächst der Holzstiel für die Streitaxt.

»Du, mein liebes treues Deutschland,
Du wirst auch den Mann gebären,
Der die Schlange meiner Qualen
Niederschmettert mit der Streitaxt.«

X
Lebensfahrt

Ein Lachen und Singen! Es blitzen und gaukeln
Die Sonnenlichter. Die Wellen schaukeln
Den lustigen Kahn. Ich saß darin
Mit lieben Freunden und leichtem Sinn.

Der Kahn zerbrach in eitel Trümmer,
Die Freunde waren schlechte Schwimmer,
Sie gingen unter, im Vaterland;
Mich warf der Sturm an den Seinestrand.

Ich hab ein neues Schiff bestiegen,
Mit neuen Genossen; es wogen und wiegen
Die fremden Fluten mich hin und her –
Wie fern die Heimat! mein Herz wie schwer!

Und das ist wieder ein Singen und Lachen –
Es pfeift der Wind, die Planken krachen –
Am Himmel erlischt der letzte Stern –
Wie schwer mein Herz! die Heimat wie fern!

XI
Das neue Israelitische Hospital zu Hamburg

Ein Hospital für arme, kranke Juden,
Für Menschenkinder, welche dreifach elend,
Behaftet mit den bösen drei Gebresten,
Mit Armut, Körperschmerz und Judentume!

Das schlimmste von den dreien ist das letzte,
Das tausendjährige Familienübel,

Die aus dem Niltal mitgeschleppte Plage,
Der altegyptisch ungesunde Glauben.

Unheilbar tiefes Leid! Dagegen helfen
Nicht Dampfbad, Dusche, nicht die Apparate
Der Chirurgie, noch all die Arzeneien,
Die dieses Haus den siechen Gästen bietet.

Wird einst die Zeit, die ew'ge Göttin, tilgen
Das dunkle Weh, das sich vererbt vom Vater
Herunter auf den Sohn, – wird einst der Enkel
Genesen und vernünftig sein und glücklich?

Ich weiß es nicht! Doch mittlerweile wollen
Wir preisen jenes Herz, das klug und liebreich
Zu lindern suchte, was der Lindrung fähig,
Zeitlichen Balsam träufelnd in die Wunden.

Der teure Mann! Er baute hier ein Obdach
Für Leiden, welche heilbar durch die Künste
Des Arztes (oder auch des Todes!), sorgte
Für Polster, Labetrank, Wartung und Pflege –

Ein Mann der Tat, tat er was eben tunlich;
Für gute Werke gab er hin den Taglohn
Am Abend seines Lebens, menschenfreundlich,
Durch Wohltun sich erholend von der Arbeit.

Er gab mit reicher Hand – doch reichre Spende
Entrollte manchmal seinem Aug, die Träne,
Die kostbar schöne Träne, die er weinte
Ob der unheilbar großen Brüderkrankheit.

XII
Georg Herwegh

Mein Deutschland trank sich einen Zopf,
Und du, du glaubtest den Toasten!
Du glaubtest jedem Pfeifenkopf
Und seinen schwarz-rot-goldnen Quasten.

Doch als der holde Rausch entwich,
Mein teurer Freund, du warst betroffen –
Das Volk wie katzenjämmerlich,
Das eben noch so schön besoffen!

Ein schimpfender Bedientenschwarm,
Und faule Äpfel statt der Kränze –
An jeder Seite ein Gendarm,
Erreichtest endlich du die Grenze.

Dort bleibst du stehn. Wehmut ergreift
Dich bei dem Anblick jener Pfähle,
Die wie das Zebra sind gestreift,
Und Seufzer dringen aus der Seele:

»Aranjuez, in deinem Sand,
Wie schnell die schönen Tage schwanden,
Wo ich vor König Philipp stand
Und seinen ukermärkschen Granden.

»Er hat mir Beifall zugenickt,
Als ich gespielt den Marquis Posa;
In Versen hab ich ihn entzückt,
Doch ihm gefiel nicht meine Prosa.«

XIII
Die Tendenz

Deutscher Sänger! sing und preise
Deutsche Freiheit, daß dein Lied
Unsrer Seelen sich bemeistre
Und zu Taten uns begeistre,
In Marseillerhymnenweise.

Girre nicht mehr wie ein Werther,
Welcher nur für Lotten glüht –
Was die Glocke hat geschlagen,
Sollst du deinem Volke sagen,
Rede Dolche, rede Schwerter!

Sei nicht mehr die weiche Flöte,
Das idyllische Gemüt –
Sei des Vaterlands Posaune,
Sei Kanone, sei Kartaune,
Blase, schmettre, donnre, töte!

Blase, schmettre, donnre täglich,
Bis der letzte Dränger flieht –
Singe nur in dieser Richtung,
Aber halte deine Dichtung
Nur so allgemein als möglich.

XIV
Das Kind

Den Frommen schenkts der Herr im Traum,
Weißt nicht, wie dir geschah!

Du kriegst ein Kind und merkst es kaum,
Jungfrau Germania.

Es windet sich ein Bübelein
Von deiner Nabelschnur;
Es wird ein hübscher Schütze sein,
Als wie der Gott Amour.

Trifft einst in höchster Luft den Aar,
Und flög er noch so stolz,
Den doppelköpfigen sogar
Erreicht sein guter Bolz.

Doch nicht wie jener blinde Heid,
Nicht wie der Liebesgott,
Soll er sich ohne Hos und Kleid
Zeigen als Sanskülott.

Bei uns zu Land die Witterung,
Moral und Polizei
Gebieten streng, daß Alt und Jung
Leiblich bekleidet sei.

XV
Verheißung

Nicht mehr barfuß sollst du traben,
Deutsche Freiheit, durch die Sümpfe,
Endlich kommst du auf die Strümpfe,
Und auch Stiefeln sollst du haben!

Auf dem Haupte sollst du tragen
Eine warme Pudelmütze,

Daß sie dir die Ohren schütze
In den kalten Wintertagen.

Du bekommst sogar zu essen –
Eine große Zukunft naht dir! –
Laß dich nur vom welschen Satyr
Nicht verlocken zu Exzessen!

Werde nur nicht dreist und dreister!
Setz nicht den Respekt bei Seiten
Vor den hohen Obrigkeiten
Und dem Herren Bürgermeister!

XVI
Der Wechselbalg

Ein Kind mit großem Kürbiskopf,
Hellblondem Schnurrbart, greisem Zopf,
Mit spinnig langen, doch starken Ärmchen,
Mit Riesenmagen, doch kurzen Gedärmchen, –
Ein Wechselbalg, den ein Korporal,
Anstatt des Säuglings, den er stahl,
Heimlich gelegt in unsre Wiege, –
Die Mißgeburt, die mit der Lüge,
Mit seinem geliebten Windspiel vielleicht,
Der alte Sodomiter gezeugt, –
Nicht brauch ich das Ungetüm zu nennen –
Ihr sollt es ersäufen oder verbrennen.

XVII
Der Kaiser von China

Mein Vater war ein trockner Taps,
Ein nüchterner Duckmäuser,

Ich aber trinke meinen Schnaps
Und bin ein großer Kaiser.

Das ist ein Zaubertrank! Ich habs
Entdeckt in meinem Gemüte:
Sobald ich getrunken meinen Schnaps,
Steht China ganz in Blüte.

Das Reich der Mitte verwandelt sich dann
In einen Blumenanger,
Ich selber werde fast ein Mann
Und meine Frau wird schwanger.

Allüberall ist Überfluß,
Und es gesunden die Kranken;
Mein Hofweltweiser Confusius
Bekömmt die klarsten Gedanken.

Der Pumpernickel des Soldats
Wird Mandelkuchen – O Freude!
Und alle Lumpen meines Staats
Spazieren in Samt und Seide.

Die Mandarinenritterschaft,
Die invaliden Köpfe,
Gewinnen wieder Jugendkraft
Und schütteln ihre Zöpfe.

Die große Pagode, Symbol und Hort
Des Glaubens, ist fertig geworden;
Die letzten Juden taufen sich dort
Und kriegen den Drachenorden.

Es schwindet der Geist der Revolution
Und es rufen die edelsten Mantschu:
Wir wollen keine Konstitution,
Wir wollen den Stock, den Kantschu!

Wohl haben die Schüler Äskulaps
Das Trinken mir widerraten,
Ich aber trinke meinen Schnaps
Zum Besten meiner Staaten.

Und noch einen Schnaps, und noch einen Schnaps!
Das schmeckt wie lauter Manna!
Mein Volk ist glücklich, hats auch den Raps,
Und jubelt: Hoseannah!

XVIII
Kirchenrat Prometheus

Ritter Paulus, edler Räuber,
Mit gerunzelt düstren Stirnen
Schaun die Götter auf dich nieder,
Dich bedroht das höchste Zürnen,

Ob dem Raube, ob dem Diebstahl,
Den du im Olymp begangen –
Fürchte des Prometheus Schicksal,
Wenn dich Jovis Häscher fangen!

Freilich, jener stahl noch Schlimmres,
Stahl das Licht, die Flammenkräfte,
Um die Menschheit zu erleuchten –
Du, du stahlest Schellings Hefte,

Just das Gegenteil des Lichtes,
Finsternis, die man betastet,
Die man greifen kann wie jene,
Die Egypten einst belastet.

XIX
An den Nachtwächter

Bei späterer Gelegenheit

Verschlechtert sich nicht dein Herz und dein Stil,
So magst du treiben jedwedes Spiel;
Mein Freund, ich werde dich nie verkennen,
Und sollt ich dich auch Herr Hofrat nennen.

Sie machen jetzt ein großes Geschrei,
Von wegen deiner Verhofräterei,
Vom Seinestrand bis an die Elbe
Hört ich seit Monden immer dasselbe:

Die Fortschrittsbeine hätten sich
Im Rückschrittsbeine verwandelt – O, sprich,
Reitest du wirklich auf schwäbischen Krebsen?
Äugelst du wirklich mit fürstlichen Kebsen?

Vielleicht bist du müde und sehnst dich nach Schlaf.
Du hast die Nacht hindurch so brav
Geblasen, jetzt hängst du das Horn an den Nagel:
Mag tuten wer will für den deutschen Janhagel!

Du legst dich zu Bette und schließest zu
Die Augen, doch läßt man dich nicht in Ruh.
Vor deinem Fenster spotten die Schreier:
»Brutus, du schläfst? Wach auf, Befreier!«

Ach! so ein Schreier weiß nicht, warum
Der beste Nachtwächter wird endlich stumm,
Es ahndet nicht so ein junger Maulheld,
Warum der Mensch am End das Maul hält.

Du fragst mich, wie es uns hier ergeht?
Hier ist es still, kein Windchen weht,
Die Wetterfahnen sind sehr verlegen,
Sie wissen nicht wohin sich bewegen...

XX
Zur Beruhigung

Wir schlafen ganz, wie Brutus schlief –
Doch jener erwachte und bohrte tief
In Cäsars Brust das kalte Messer!
Die Römer waren Tyrannenfresser.

Wir sind keine Römer, wir rauchen Tabak.
Ein jedes Volk hat seinen Geschmack,
Ein jedes Volk hat seine Größe;
In Schwaben kocht man die besten Klöße.

Wir sind Germanen, gemütlich und brav,
Wir schlafen gesunden Pflanzenschlaf,
Und wenn wir erwachen, pflegt uns zu dürsten,
Doch nicht nach dem Blute unserer Fürsten.

Wir sind so treu wie Eichenholz,
Auch Lindenholz, drauf sind wir stolz;
Im Land der Eichen und der Linden
Wird niemals sich ein Brutus finden.

Und wenn auch ein Brutus unter uns wär,
Den Cäsar fänd er nimmermehr,
Vergeblich würd er den Cäsar suchen;
Wir haben gute Pfefferkuchen.

Wir haben sechsunddreißig Herrn
(Ist nicht zu viel!), und einen Stern
Trägt jeder schützend auf seinem Herzen,
Und er braucht nicht zu fürchten die Iden des Märzen.

Wir nennen sie Väter, und Vaterland
Benennen wir dasjenige Land,
Das erbeigentümlich gehört den Fürsten;
Wir lieben auch Sauerkraut mit Würsten.

Wenn unser Vater spazieren geht,
Ziehn wir den Hut mit Pietät;
Deutschland, die fromme Kinderstube,
Ist keine römische Mördergrube.

XXI
Verkehrte Welt

Das ist ja die verkehrte Welt,
Wir gehen auf den Köpfen!
Die Jäger werden dutzendweis
Erschossen von den Schnepfen.

Die Kälber braten jetzt den Koch,
Auf Menschen reiten die Gäule;
Für Lehrfreiheit und Rechte des Lichts
Kämpft die katholische Eule.

Der Häring wird ein Sansculott,
Die Wahrheit sagt uns Bettine,
Und ein gestiefelter Kater bringt
Den Sophokles auf die Bühne.

Ein Affe läßt ein Pantheon
Erbauen für deutsche Helden.
Der Maßmann hat sich jüngst gekämmt,
Wie deutsche Blätter melden.

Germanische Bären glauben nicht mehr
Und werden Atheisten;
Jedoch die französischen Papageien,
Die werden gute Christen.

Im ukermärkschen Moniteur
Da hat mans am tollsten getrieben:
Ein Toter hat dem Lebenden dort
Die schnödeste Grabschrift geschrieben.

Laßt uns nicht schwimmen gegen den Strom,
Ihr Brüder! Es hilft uns wenig!
Laßt uns besteigen den Templower Berg
Und rufen: es lebe der König!

XXII
Erleuchtung

Michael! fallen dir die Schuppen
Von den Augen? Merkst du itzt,
Daß man dir die besten Suppen
Vor dem Maule wegstibitzt?

Als Ersatz ward dir versprochen
Reinverklärte Himmelsfreud
Droben, wo die Engel kochen
Ohne Fleisch die Seligkeit!

Michel! wird dein Glaube schwächer
Oder stärker dein Apptit?
Du ergreifst den Lebensbecher
Und du singst ein Heidenlied!

Michel! fürchte nichts und labe
Schon hienieden deinen Wanst,
Später liegen wir im Grabe,
Wo du still verdauen kannst.

XXIII
Wartet nur

Weil ich so ganz vorzüglich blitze,
Glaubt Ihr, daß ich nicht donnern könnt!
Ihr irrt Euch sehr, denn ich besitze
Gleichfalls fürs Donnern ein Talent.

Es wird sich grausenhaft bewähren,
Wenn einst erscheint der rechte Tag;
Dann sollt Ihr meine Stimme hören,
Das Donnerwort, den Wetterschlag.

Gar manche Eiche wird zersplittern
An jenem Tag der wilde Sturm,
Gar mancher Palast wird erzittern
Und stürzen mancher Kirchenturm!

XXIV
Nachtgedanken

Denk ich an Deutschland in der Nacht,
Dann bin ich um den Schlaf gebracht,
Ich kann nicht mehr die Augen schließen,
Und meine heißen Tränen fließen.

Die Jahre kommen und vergehn!
Seit ich die Mutter nicht gesehn,
Zwölf Jahre sind schon hingegangen;
Es wächst mein Sehnen und Verlangen.

Mein Sehnen und Verlangen wächst.
Die alte Frau hat mich behext,
Ich denke immer an die alte,
Die alte Frau, die Gott erhalte!

Die alte Frau hat mich so lieb,
Und in den Briefen, die sie schrieb,
Seh ich, wie ihre Hand gezittert,
Wie tief das Mutterherz erschüttert.

Die Mutter liegt mir stets im Sinn.
Zwölf lange Jahre flossen hin,
Zwölf lange Jahre sind verflossen,
Seit ich sie nicht ans Herz geschlossen.

Deutschland hat ewigen Bestand,
Es ist ein kerngesundes Land,
Mit seinen Eichen, seinen Linden,
Werd ich es immer wiederfinden.

Nach Deutschland lechzt ich nicht so sehr,
Wenn nicht die Mutter dorten wär;
Das Vaterland wird nie verderben,
Jedoch die alte Frau kann sterben.

Seit ich das Land verlassen hab,
So viele sanken dort ins Grab,
Die ich geliebt – wenn ich sie zähle,
So will verbluten meine Seele.

Und zählen muß ich – Mit der Zahl
Schwillt immer höher meine Qual,
Mir ist, als wälzten sich die Leichen
Auf meine Brust – Gottlob! sie weichen!

Gottlob! durch meine Fenster bricht
Französisch heitres Tageslicht;
Es kommt mein Weib, schön wie der Morgen,
Und lächelt fort die deutschen Sorgen.

Anhang

ZU DEN »VERSCHIEDENEN«

ANGELIQUE

I

Wie entwickeln sich doch schnelle,
Aus der flüchtigsten Empfindung,
Leidenschaften ohne Grenzen
Und die zärtlichste Verbindung!

Täglich wächst zu dieser Dame
Meines Herzens tiefste Neigung,
Und daß ich in sie verliebt sei,
Wird mir fast zur Überzeugung.

Schön ist ihre Seele. Freilich,
Das ist immer eine Meinung;
Sichrer bin ich von der Schönheit
Ihrer äußeren Erscheinung.

Diese Hüften! Diese Stirne!
Diese Nase! Die Entfaltung
Dieses Lächelns auf den Lippen!
Und wie gut ist ihre Haltung!

II

Ach, wie schön bist du, wenn traulich
Dein Gemüt sich mir erschließet,
Und von nobelster Gesinnung
Deine Rede überfließet!

Wenn du mir erzählst, wie immer
Du so groß und würdig dachtest,
Wie dem Stolze deines Herzens
Du die größten Opfer brachtest!

Wie man dich für Millionen
Nicht vermöchte zu erwerben –
Eh du dich für Geld verkauftest,
Lieber würdest du ja sterben!

Und ich steh vor dir und höre,
Und ich höre dich zu Ende;
Wie ein stummes Bild des Glaubens,
Falt ich andachtsvoll die Hände –

III

Fürchte nichts, geliebte Seele,
Übersicher bist du hier;
Fürchte nicht, daß man uns stehle,
Ich verriegle schon die Tür.

Wie der Wind auch wütend wehe,
Er gefährdet nicht das Haus;
Daß auch nicht ein Brand entstehe,
Lösch ich unsre Lampe aus.

Ach, erlaube, daß ich winde
Meinen Arm um deinen Hals;
Man erkältet sich geschwinde
In Ermanglung eines Schals.

CLARISSE

I

Jetzt verwundet, krank und leidend,
In den schönsten Sommertagen,
Trag ich wieder, Menschen meidend,
Nach dem Wald die bittern Klagen.

Die geschwätzgen Vögel schweigen
Mitleidvoll in meiner Nähe;
In den dunkeln Lindenzweigen
Seufzt es mit bei meinem Wehe.

In dem Tal, auf grünem Platze,
Setz ich jammervoll mich nieder.
Katze, meine schöne Katze!
Jammerts aus den Bergen wider.

Katze, meine schöne Katze,
Konntest du mich so verletzen,
Wie mit grimmer Tigertatze
Mir das arme Herz zerfetzen!

Dieses Herz war, ernst und trübe,
Längst verschlossen allem Glücke;
Ach, da traf mich neue Liebe,
Denn mich trafen deine Blicke.

Heimlich schienst du zu miauen:
Glaube nicht, daß ich dich kratze,

Wage nur mir zu vertrauen,
Ich bin eine gute Katze.

– – – – –
– –

II

Wälderfreie Nachtigallen
Singen wild und ohne Regel,
Besser müssen dir gefallen
Flatternde Kanarienvögel.

Diese gelben zahmen Dinger
Seh ich dich im Käfig füttern,
Und sie picken an den Finger,
Wenn sie deinen Zucker wittern.

Welch gemütlich zarte Szene!
Engel müssen drob sich freuen!
Und ich selbst muß eine Träne
Meiner tiefsten Rührung weihen.

III

Es kommt der Lenz mit dem Hochzeitgeschenk,
Mit Jubel und Musizieren,
Das Bräutchen und den Bräutigam
Kommt er zu gratulieren.

Er bringt Jasmin und Röselein,
Und Veilchen und duftige Kräutchen,
Und Sellerie für den Bräutigam,
Und Spargel für das Bräutchen.

IV

Schütz Euch Gott vor Überhitzung,
Allzustarke Herzensklopfung,
Allzuriechbarliche Schwitzung
Und vor Magenüberstopfung.

Wie am Tage Eurer Hochzeit,
Sei die Liebe Euch erfreulich,
Wenn Ihr längst im Ehejoch seid,
Und Eur Leib er sei gedeihlich.

V

Jetzt kannst du mit vollem Recht,
Gutes Mädchen, von mir denken:
Dieser Mensch ist wirklich schlecht,
Mich sogar sucht er zu kränken –

Mich, die niemals ihm gesagt,
Was im gringsten ihn beleidigt,
Und, wo man ihn angeklagt,
Leidenschaftlich ihn verteidigt –

Mich, die im Begriffe stand
Einstens ihn sogar zu lieben,
Hätt ers nicht zu überspannt,
Hätt ers nicht zu toll getrieben!

VI

Wie du knurrst und lachst und brütest,
Wie du dich verdrießlich windest,

Wenn du, ohne selbst zu lieben,
Dennoch Eifersucht empfindest!

Nicht die duftig rote Rose
Willst du riechen oder küssen,
Nein, du schnüffelst an den Dornen,
Bis die Nase dir zerrissen.

YOLANTE UND MARIE

Vor der Brust die trikoloren
Blumen, sie bedeuten: frei,
Dieses Herz ist frei geboren,
Und es haßt die Sklaverei.

Königin Marie, die Vierte
Meines Herzens, höre jetzt:
Manche, die vor dir regierte,
Wurde schmählig abgesetzt.

IN DER FREMDE

Träumereien

Mir träumte von einem schönen Kind,
Sie trug das Haar in Flechten;
Wir saßen unter der grünen Lind,
In blauen Sommernächten.

Wir hatten uns lieb und küßten uns gern,
Und kosten von Freuden und Leiden.
Es seufzten am Himmel die gelben Stern,
Sie schienen uns zu beneiden.

Ich bin erwacht und schau mich um,
Ich steh allein im Dunkeln.
Am Himmel droben, gleichgültig und stumm,
Seh ich die Sterne funkeln.

Atta Troll

Ein Sommernachtstraum

Motto

Aus dem schimmernden, weißen Zelte hervor
Tritt der schlachtgerüstete, fürstliche Mohr;
So tritt aus schimmernder Wolken Tor
Der Mond, der verfinsterte, dunkle, hervor.
(Der Mohrenfürst von Ferd. Freiligrath)

VORREDE

Der »Atta Troll« entstand im Spätherbste 1841 und ward fragmentarisch abgedruckt in der »Eleganten Welt«, als mein Freund Heinrich Laube wieder die Redaktion derselben übernommen hatte. Inhalt und Zuschnitt des Gedichtes mußten den zahmen Bedürfnissen jener Zeitschrift entsprechen; ich schrieb vorläufig nur die Kapitel, die gedruckt werden konnten, und auch diese erlitten manche Variante. Ich hegte die Absicht, in späterer Vervollständigung das Ganze herauszugeben, aber es blieb immer bei dem lobenswerten Vorsatze, und wie allen großen Werken der Deutschen, wie dem Kölner Dome, dem Schellingschen Gotte, der preußischen Konstitution usw., ging es auch dem »Atta Troll« – er ward nicht fertig. In solcher unfertigen Gestalt, leidlich aufgestutzt und nur äußerlich geründet, übergebe ich ihn heute dem Publiko, einem Drange gehorchend, der wahrlich nicht von innen kommt.

Der »Atta Troll« entstand, wie gesagt, im Spätherbste 1841, zu einer Zeit, als die große Emeute, wo die verschiedenfarbigsten Feinde sich gegen mich zusammengerottet, noch nicht ganz ausgelärmt hatte. Es war eine sehr große Emeute, und ich hätte nie geglaubt, daß Deutschland so viele faule Äpfel hervorbringt, wie mir damals an den Kopf flogen! Unser Vaterland ist ein gesegnetes Land; es wachsen hier freilich keine Zitronen und keine Goldorangen, auch krüppelt sich der Lorbeer nur mühsam fort auf deutschem Boden, aber faule Äpfel gedeihen bei uns in erfreulichster Fülle, und alle unsere großen Dichter wußten davon ein Lied zu singen. Bei jener Emeute, wo ich Krone und Kopf verlieren sollte, verlor ich keins von beiden, und die absurden Anschuldigungen, womit man den Pöbel gegen mich aufhetzte, sind seitdem, ohne daß ich mich zu einer Widerrede herabzulassen brauchte, aufs kläglichste verschollen. Die Zeit übernahm meine Rechtfertigung, und auch die respektiven deutschen Regierungen, ich muß es dankbar anerkennen, haben sich in dieser Beziehung verdient um mich gemacht. Die Verhaftsbefehle, die von der deutschen Grenze an, auf jeder Station, die Heimkehr des Dichters mit Sehnsucht erwarten, werden gehörig renoviert, jedes Jahr, um die heilige Weihnachtszeit, wenn an den Christbäumen die gemütlichen Lämpchen funkeln. Wegen solcher Unsicherheit der Wege wird mir das Reisen in den deutschen Gauen schier verleidet, ich feiere deshalb meine Weihnachten in der Fremde, und werde auch in der Fremde, im Exil, meine Tage beschließen. Die wackern Kämpen für Licht und Wahrheit, die mich der Wankelmütigkeit und des Knechtsinns beschuldigten, gehen unterdessen im Vaterlande sehr sicher umher, als wohlbestallte Staatsdiener, oder als Würdeträger einer Gilde, oder als Stammgäste eines Klubs, wo sie sich des Abends patriotisch erquicken am Rebensafte des Vater Rhein und an meerumschlungenen schleswig-holsteinschen Austern.

Ich habe oben mit besonderer Absicht angedeutet, in welcher Periode der »Atta Troll« entstanden ist. Damals blühte die sogenannte politische Dichtkunst. »Die Opposition verkaufte ihr Leder und ward Poesie.« Die Musen bekamen die strenge Weisung, sich hinfüro nicht mehr müßig und leichtfertig umherzutreiben, sondern in vaterländischen Dienst zu treten, etwa als Marketenderinnen der Freiheit oder als Wäscherinnen der christlich-germanischen Nationalität. Es erhub sich im deutschen Bardenhain ganz besonders jener vage, unfruchtbare Pathos, jener nutzlose Enthusiasmusdunst, der sich mit Todesverachtung in einen Ozean von Allgemeinheiten stürzte und mich immer an den amerikanischen Matrosen erinnerte, welcher für den General Jackson so überschwenglich begeistert war, daß er einst von der

Spitze eines Mastbaums ins Meer hinabsprang, indem er ausrief: »Ich sterbe für den General Jackson!« Ja, obgleich wir Deutschen noch keine Flotte besaßen, so hatten wir doch schon viele begeisterte Matrosen, die für den General Jackson starben, in Versen und in Prosa. Das Talent war damals eine sehr mißliche Begabung, denn es brachte in den Verdacht der Charakterlosigkeit. Die scheelsüchtige Impotenz hatte endlich, nach tausendjährigem Nachgrübeln, ihre große Waffe gefunden gegen die Übermüten des Genius; sie fand nämlich die Antithese von Talent und Charakter. Es war fast persönlich schmeichelhaft für die große Menge, wenn sie behaupten hörte: die braven Leute seien freilich in der Regel sehr schlechte Musikanten, dafür jedoch seien die guten Musikanten gewöhnlich nichts weniger als brave Leute, die Bravheit aber sei in der Welt die Hauptsache, nicht die Musik. Der leere Kopf pochte jetzt mit Fug auf sein volles Herz, und die Gesinnung war Trumpf. Ich erinnere mich eines damaligen Schriftstellers, der es sich als ein besonderes Verdienst anrechnete, daß er nicht schreiben könne; für seinen hölzernen Stil bekam er einen silbernen Ehrenbecher.

Bei den ewigen Göttern! damals galt es die unveräußerlichen Rechte des Geistes zu vertreten, zumal in der Poesie. Wie eine solche Vertretung das große Geschäft meines Lebens war, so habe ich sie am allerwenigsten im vorliegenden Gedicht außer Augen gelassen, und sowohl Tonart als Stoff desselben war ein Protest gegen die Plebiscita der Tagestribünen. Und in der Tat, schon die ersten Fragmente, die vom »Atta Troll« gedruckt wurden, erregten die Galle meiner Charakterhelden, meiner Römer, die mich nicht bloß der literarischen, sondern auch der gesellschaftlichen Reaktion, ja sogar der Verhöhnung heiligster Menschheitsideen beschuldigten. Was den ästhetischen Wert meines Poems betrifft, so gab ich ihn gern preis, wie ich es auch heute noch tue; ich schrieb dasselbe zu meiner eignen Lust und Freude, in der grillenhaften

Traumweise jener romantischen Schule, wo ich meine angenehmsten Jugendjahre verlebt, und zuletzt den Schulmeister geprügelt habe. In dieser Beziehung ist mein Gedicht vielleicht verwerflich. Aber du lügst, Brutus, du lügst, Cassius, und auch du lügt, Asinius, wenn Ihr behauptet, mein Spott träfe jene Ideen, die eine kostbare Errungenschaft der Menschheit sind und für die ich selber so viel gestritten und gelitten habe. Nein, eben weil dem Dichter jene Ideen in herrlichster Klarheit und Größe beständig vorschweben, ergreift ihn desto unwiderstehlicher die Lachlust, wenn er sieht, wie roh, plump und täppisch von der beschränkten Zeitgenossenschaft jene Ideen aufgefaßt werden können. Er scherzt dann gleichsam über ihre temporelle Bärenhaut. Es gibt Spiegel, welche so verschoben geschliffen sind, daß selbst ein Apollo sich darin als eine Karikatur abspiegeln muß und uns zum Lachen reizt. Wir lachen aber alsdann nur über das Zerrbild, nicht über den Gott.

Noch ein Wort. Bedarf es einer besondern Verwahrung, daß die Parodie eines Freiligrathschen Gedichtes, welche aus dem »Atta Troll« manchmal mutwillig hervorkichert, und gleichsam seine komische Unterlage bildet, keineswegs eine Mißwürdigung des Dichters bezweckt? Ich schätze denselben hoch, zumal jetzt, und ich zähle ihn zu den bedeutendsten Dichtern, die seit der Juliusrevolution in Deutschland aufgetreten sind. Seine erste Gedichtesammlung kam mir sehr spät zu Gesicht, nämlich eben zur Zeit, als der »Atta Troll« entstand. Es mochte wohl an meiner damaligen Stimmung liegen, daß namentlich der Mohrenfürst so belustigend auf mich wirkte. Diese Produktion wird übrigens als die gelungenste gerühmt. Für Leser, welche diese Produktion gar nicht kennen – und es mag deren wohl in China und Japan geben, sogar am Niger und am Senegal – für diese bemerke ich, daß der Mohrenkönig, der zu Anfang des Gedichtes auf seinem weißen Zelte, wie eine Mondfinsternis, hervortritt, auch eine schwarze Geliebte besitzt, über deren dunkles Antlitz die weißen Straußfedern nicken. Aber kriegsmutig verläßt er sie, er zieht in die Negerschlacht, wo da rasselt die Trommel, mit Schädeln behangen – ach! er findet dort sein schwarzes Waterloo und wird von den Siegern an die Weißen verkauft. Diese schleppen den edlen Afrikaner nach Europa, und hier finden wir ihn wieder im Dienste einer herumziehenden Reutergesellschaft, die ihm, bei ihren Kunstvorstellungen, die türkische Trommel anvertraut hat. Da steht er nun, finster und ernsthaft, am Eingange der Reitbahn und trommelt, doch während des Trommelns denkt er an seine ehemalige Größe, er denkt daran, daß er einst ein absoluter Monarch war, am fernen, fernen Niger, und daß er gejagt den Löwen, den Tiger –

»Sein Auge ward naß; mit dumpfem Klang
Schlug er das Fell, daß es rasselnd zersprang.«

Geschrieben zu Paris im Dezember 1846.

Heinrich Heine.

CAPUT I

Rings umragt von dunklen Bergen,
Die sich trotzig übergipfeln,
Und von wilden Wasserstürzen
Eingelullet, wie ein Traumbild,

Liegt im Tal das elegante
Cauterets. Die weißen Häuschen
Mit Balkonen; schöne Damen
Stehn darauf und lachen herzlich.

Herzlich lachend schaun sie nieder
Auf den wimmelnd bunten Marktplatz,
Wo da tanzen Bär und Bärin
Bei des Dudelsackes Klängen.

Atta Troll und seine Gattin,
Die geheißen schwarze Mumma,
Sind die Tänzer, und es jubeln
Vor Bewundrung die Baskesen.

Steif und ernsthaft, mit Grandezza,
Tanzt der edle Atta Troll,
Doch der zottgen Ehehälfte
Fehlt die Würde, fehlt der Anstand.

Ja, es will mich schier bedünken,
Daß sie manchmal cancaniere,
Und gemütlos frechen Steißwurfs
An die Grand'-Chaumière erinnre.

Auch der wackre Bärenführer,
Der sie an der Kette leitet,
Scheint die Immoralität
Ihres Tanzes zu bemerken.

Und er langt ihr manchmal über
Einge Hiebe mit der Peitsche,
Und die schwarze Mumma heult dann,
Daß die Berge widerhallen.

Dieser Bärenführer trägt
Sechs Madonnen auf dem Spitzhut,
Die sein Haupt vor Feindeskugeln
Oder Läusen schützen sollen.

Über seine Schulter hängt
Eine bunte Altardecke,
Die als Mantel sich gebärdet;
Drunter lauscht Pistol und Messer.

War ein Mönch in seiner Jugend,
Später ward er Räuberhauptmann;
Beides zu vereingen, nahm er
Endlich Dienste bei Don Carlos.

Als Don Carlos fliehen mußte
Mit der ganzen Tafelrunde,
Und die meisten Paladine
Nach honettem Handwerk griffen –

(Herr Schnapphahnski wurde Autor) –
Da ward unser Glaubensritter
Bärenführer, zog durchs Land
Mit dem Atta Troll und Mumma.

Und er läßt die beiden tanzen
Vor dem Volke, auf den Märkten; –
Auf dem Markt von Cauterets
Tanzt gefesselt Atta Troll!

Atta Troll, der einst gehauset,
Wie ein stolzer Fürst der Wildnis,
Auf den freien Bergeshöhen,
Tanzt im Tal vor Menschenpöbel!

Und sogar für schnödes Geld
Muß er tanzen, er, der weiland,
In des Schreckens Majestät,
Sich so welterhaben fühlte!

Denkt er seiner Jugendtage,
Der verlornen Waldesherrschaft,
Dann erbrummen dunkle Laute
Aus der Seele Atta Trolls;

Finster schaut er wie ein schwarzer
Freiligräthscher Mohrenfürst,
Und wie dieser schlecht getrommelt,
Also tanzt er schlecht vor Ingrimm.

Doch statt Mitgefühl erregt er
Nur Gelächter. Selbst Juliette
Lacht herunter vom Balkone
Ob den Sprüngen der Verzweiflung. – –

Juliette hat im Busen
Kein Gemüt, sie ist Französin,
Lebt nach außen; doch ihr Äußres
Ist entzückend, ist bezaubernd.

Ihre Blicke sind ein süßes
Strahlennetz, in dessen Maschen
Unser Herz, gleich einem Fischlein,
Sich verfängt und zärtlich zappelt.

CAPUT II

Daß ein schwarzer Freiligräthscher
Mohrenfürst sehnsüchtig lospaukt
Auf das Fell der großen Trommel,
Bis es prasselnd laut entzweispringt:

Das ist wahrhaft trommelrührend
Und auch trommelfellerschütternd –
Aber denkt Euch einen Bären,
Der sich von der Kette losreißt!

Die Musik und das Gelächter
Sie verstummen, und mit Angstschrei
Stürzt vom Markte fort das Volk,
Und die Damen sie erbleichen.

Ja, von seiner Sklavenfessel
Hat sich plötzlich losgerissen
Atta Troll. Mit wilden Sprüngen
Durch die engen Straßen rennend –

(Jeder macht ihm höflich Platz) –
Klettert er hinauf die Felsen,
Schaut hinunter, wie verhöhnend,
Und verschwindet im Gebirge.

Auf dem leeren Marktplatz bleiben
Ganz allein die schwarze Mumma
Und der Bärenführer. Rasend
Schmeißt er seinen Hut zur Erde,

Trampelt drauf, er tritt mit Füßen
Die Madonnen! reißt die Decke
Sich vom scheußlich nackten Leib,
Flucht und jammert über Undank,

Über schwarzen Bärenundank!
Denn er habe Atta Troll
Stets wie einen Freund behandelt
Und im Tanzen unterrichtet.

Alles hab er ihm zu danken,
Selbst das Leben! Bot man doch
Ihm vergebens hundert Taler
Für die Haut des Atta Troll!

Auf die arme schwarze Mumma,
Die, ein Bild des stummen Grames,
Flehend, auf den Hintertatzen,
Vor dem Hocherzürnten stehn blieb,

Fällt des Hocherzürnten Wut
Endlich doppelt schwer, er schlägt sie,
Nennt sie Königin Christine,
Auch Frau Munoz und Putana. – –

Das geschah an einem schönen,
Warmen Sommernachmittage,
Und die Nacht, die jenem Tage
Lieblich folgte, war süperbe.

Ich verbrachte fast die Hälfte
Jener Nacht auf dem Balkone.
Neben mir stand Juliette
Und betrachtete die Sterne.

Seufzend sprach sie: Ach, die Sterne
Sind am schönsten in Paris,
Wenn sie dort, des Winterabends,
In dem Straßenkot sich spiegeln.

CAPUT III

Traum der Sommernacht! Phantastisch
Zwecklos ist mein Lied. Ja, zwecklos
Wie die Liebe, wie das Leben,
Wie der Schöpfer samt der Schöpfung!

Nur der eignen Lust gehorchend,
Galoppierend oder fliegend,
Tummelt sich im Fabelreiche
Mein geliebter Pegasus.

Ist kein nützlich tugendhafter
Karrengaul des Bürgertums,
Noch ein Schlachtpferd der Parteiwut,
Das pathetisch stampft und wiehert!

Goldbeschlagen sind die Hufen
Meines weißen Flügelrößleins,
Perlenschnüre sind die Zügel,
Und ich laß sie lustig schießen.

Trage mich, wohin du willst!
Über luftig steilen Bergpfad,
Wo Kaskaden angstvoll kreischend
Vor des Unsinns Abgrund warnen!

Trage mich durch stille Täler,
Wo die Eichen ernsthaft ragen
Und den Wurzelknorrn entrieselt
Uralt süßer Sagenquell!

Laß mich trinken dort und nässen
Meine Augen – ach, ich lechze
Nach dem lichten Wunderwasser,
Welches sehend macht und wissend.

Jede Blindheit weicht! Mein Blick
Dringt bis in die tiefste Steinkluft,
In die Höhle Atta Trolls –
Ich verstehe seine Reden!

Sonderbar! wie wohlbekannt
Dünkt mir diese Bärensprache!
Hab ich nicht in teurer Heimat
Früh vernommen diese Laute?

CAPUT IV

Ronceval, du edles Tal!
Wenn ich deinen Namen höre,
Bebt und duftet mir im Herzen
Die verschollne blaue Blume!

Glänzend steigt empor die Traumwelt,
Die jahrtausendlich versunken,
Und die großen Geisteraugen
Schaun mich an, daß ich erschrecke!

Und es klirrt und tost! Es kämpfen
Sarazen und Frankenritter;
Wie verzweifelnd, wie verblutend
Klingen Rolands Waldhornrüfe!

In dem Tal von Ronceval,
Unfern von der Rolandsscharte –
So geheißen, weil der Held,
Um sich einen Weg zu bahnen,

Mit dem guten Schwert Duranda
Also todesgrimmig einhieb
In die Felswand, daß die Spuren
Bis auf heutgem Tage sichtbar –

Dort in einer düstren Steinschlucht,
Die umwachsen von dem Buschwerk
Wilder Tannen, tief verborgen,
Liegt die Höhle Atta Trolls.

Dort, im Schoße der Familie,
Ruht er aus von den Strapazen
Seiner Flucht und von der Mühsal
Seiner Völkerschau und Weltfahrt.

Süßes Wiedersehn! Die Jungen
Fand er in der teuren Höhle,
Wo er sie gezeugt mit Mumma;
Söhne vier und Töchter zwei.

Wohlgeleckte Bärenjungfraun,
Blond von Haar, wie Predgerstöchter;
Braun die Buben, nur der Jüngste
Mit dem einzgen Ohr ist schwarz.

Dieser Jüngste war das Herzblatt
Seiner Mutter, die ihm spielend
Abgebissen einst ein Ohr;
Und sie fraß es auf vor Liebe.

Ist ein genialer Jüngling,
Für Gymnastik sehr begabt,
Und er schlägt die Purzelbäume
Wie der Turnkunstmeister Maßmann.

Blüte autochthoner Bildung,
Liebt er nur die Muttersprache,
Lernte nimmer den Jargon
Des Hellenen und des Römlings.

Frisch und frei und fromm und fröhlich,
Ist verhaßt ihm alle Seife,
Luxus des modernen Waschens,
Wie dem Turnkunstmeister Maßmann.

Am genialsten ist der Jüngling,
Wenn er klettert auf dem Baume,
Der, entlang der steilsten Felswand,
Aus der tiefen Schlucht emporsteigt

Und hinaufragt bis zur Koppe,
Wo des Nachts die ganze Sippschaft
Sich versammelt um den Vater,
Kosend in der Abendkühle.

Gern erzählt alsdann der Alte,
Was er in der Welt erlebte,
Wie er Menschen viel und Städte
Einst gesehn, auch viel erduldet,

Gleich dem edlen Laertiaden,
Diesem nur darin unähnlich,
Daß die Gattin mit ihm reiste,
Seine schwarze Penelope.

Auch erzählt dann Atta Troll
Von dem kolossalen Beifall,
Den er einst durch seine Tanzkunst
Eingeerntet bei den Menschen.

Er versichert, Jung und Alt
Habe jubelnd ihn bewundert,
Wenn er tanzte auf den Märkten
Bei der Sackpfeif süßen Tönen.

Und die Damen ganz besonders,
Diese zarten Kennerinnen,
Hätten rasend applaudiert
Und ihm huldreich zugeäugelt.

O, der Künstlereitelkeiten!
Schmunzelnd denkt der alte Tanzbär
An die Zeit, wo sein Talent
Vor dem Publiko sich zeigte.

Übermannt von Selbstbegeistrung,
Will er durch die Tat bekunden,
Daß er nicht ein armer Prahlhans,
Daß er wirklich groß als Tänzer –

Und vom Boden springt er plötzlich,
Stellt sich auf die Hintertatzen,
Und wie ehmals tanzt er wieder
Seinen Leibtanz, die Gavotte.

Stumm, mit aufgesperrten Schnauzen,
Schauen zu die Bärenjungen,
Wie der Vater hin und her springt
Wunderbar im Mondenscheine.

CAPUT V

In der Höhle, bei den Seinen,
Liegt gemütskrank auf dem Rücken
Atta Troll, nachdenklich saugt er
An den Tatzen, saugt und brummt:

»Mumma, Mumma, schwarze Perle,
Die ich in dem Meer des Lebens
Aufgefischt, im Meer des Lebens
Hab ich wieder dich verloren!

»Werd ich nie dich wiedersehen,
Oder nur jenseits des Grabes,
Wo von Erdenzotteln frei
Sich verkläret deine Seele?

»Ach! vorher möcht ich noch einmal
Lecken an der holden Schnauze
Meiner Mumma, die so süße,
Wie mit Honigseim bestrichen!

»Möchte auch noch einmal schnüffeln
Den Geruch, der eigentümlich
Meiner teuren schwarzen Mumma,
Und wie Rosenduft so lieblich!

»Aber ach! die Mumma schmachtet
In den Fesseln jener Brut,
Die den Namen Menschen führet,
Und sich Herrn der Schöpfung dünkelt.

»Tod und Hölle! Diese Menschen,
Diese Erzaristokraten,
Schaun auf das gesamte Tierreich
Frech und adelstolz herunter,

»Rauben Weiber uns und Kinder,
Fesseln uns, mißhandeln, töten
Uns sogar, um zu verschachern
Unsre Haut und unsern Leichnam!

»Und sie glauben sich berechtigt
Solche Untat auszuüben
Ganz besonders gegen Bären,
Und sie nennens Menschenrechte.

»Menschenrechte! Menschenrechte!
Wer hat Euch damit belehnt?
Nimmer tat es die Natur,
Diese ist nicht unnatürlich.

Menschenrechte! Wer gab Euch
Diese Privilegien?
Wahrlich nimmer die Vernunft,
Die ist nicht so unvernünftig!

»Menschen, seid Ihr etwa besser
Als wir Andre, weil gesotten
Und gebraten Eure Speisen?
Wir verzehren roh die unsern,

»Doch das Resultat am Ende
Ist dasselbe – Nein, es adelt
Nicht die Atzung; der ist edel,
Welcher edel fühlt und handelt.

»Menschen, seid Ihr etwa besser,
Weil Ihr Wissenschaft und Künste
Mit Erfolg betreibt? Wir Andre
Sind nicht auf den Kopf gefallen.

»Gibt es nicht gelehrte Hunde?
Und auch Pferde, welche rechnen
Wie Kommerzienräte? Trommeln
Nicht die Hasen ganz vorzüglich?

»Hat sich nicht in Hydrostatik
Mancher Biber ausgezeichnet?
Und verdankt man nicht den Störchen
Die Erfindung der Klystiere?

»Schreiben Esel nicht Kritiken?
Spielen Affen nicht Komödie?
Gibt es eine größre Mimin
Als Batavia, die Meerkatz?

»Singen nicht die Nachtigallen?
Ist der Freiligrath kein Dichter?
Wer besäng den Löwen besser
Als sein Landsmann, das Kamel?

»In der Tanzkunst hab ich selber
Es so weit gebracht wie Raumer
In der Schreibkunst – schreibt er besser
Als ich tanze, ich der Bär?

»Menschen, warum seid Ihr besser
Als wir Andre? Aufrecht tragt Ihr
Zwar das Haupt, jedoch im Haupte
Kriechen niedrig die Gedanken.

»Menschen, seid Ihr etwa besser
Als wir Andre, weil Eur Fell
Glatt und gleißend? Diesen Vorzug
Müßt Ihr mit den Schlangen teilen.

»Menschenvolk, zweibeinge Schlangen,
Ich begreife wohl, warum Ihr
Hosen tragt! Mit fremder Wolle
Deckt Ihr Eure Schlangennacktheit.

»Kinder! hütet Euch vor jenen
Unbehaarten Mißgeschöpfen!
Meine Töchter! Traut nur keinem
Untier, welches Hosen trägt!«

Weiter will ich nicht berichten,
Wie der Bär in seinem frechen
Gleichheitsschwindel räsonnierte
Auf das menschliche Geschlecht.

Denn am Ende bin ich selber
Auch ein Mensch, und wiederholen
Will ich nimmer die Sottisen,
Die am Ende sehr beleidgend.

Ja, ich bin ein Mensch, bin besser
Als die andern Säugetiere;
Die Intressen der Geburt
Werd ich nimmermehr verleugnen.

Und im Kampf mit andern Bestien
Werd ich immer treulich kämpfen
Für die Menschheit, für die heilgen
Angebornen Menschenrechte.

CAPUT VI

Doch es ist vielleicht ersprießlich
Für den Menschen, der den höhern
Viehstand bildet, daß er wisse,
Was da unten räsonniert wird.

Ja, da unten in den düstern
Jammersphären der Gesellschaft,
In den niedern Tierweltschichten,
Brütet Elend, Stolz und Groll.

Was naturgeschichtlich immer,
Also auch gewohnheitsrechtlich
Seit Jahrtausenden bestanden,
Wird negiert mit frecher Schnauze.

Von den Alten wird den Jungen
Eingebrummt die böse Irrlehr,
Die auf Erden die Kultur
Und Humanität bedroht.

»Kinder« – grommelt Atta Troll,
Und er wälzt sich hin und her
Auf dem teppichlosen Lager –
»Kinder, uns gehört die Zukunft!

»Dächte jeder Bär, und dächten
Alle Tiere so wie ich,
Mit vereinten Kräften würden
Wir bekämpfen die Tyrannen.

»Es verbände sich der Eber
Mit dem Roß, der Elefant
Schlänge brüderlich den Rüssel
Um das Horn des wackern Ochsen;

»Bär und Wolf, von jeder Farbe,
Bock und Affe, selbst der Hase,
Wirkten einge Zeit gemeinsam,
Und der Sieg könnt uns nicht fehlen.

»Einheit, Einheit ist das erste
Zeitbedürfnis. Einzeln wurden
Wir geknechtet, doch verbunden
Übertölpeln wir die Zwingherrn.

»Einheit! Einheit! und wir siegen
Und es stürzt das Regiment
Schnöden Monopols! Wir stiften
Ein gerechtes Animalreich.

»Grundgesetz sei volle Gleichheit
Aller Gotteskreaturen,
Ohne Unterschied des Glaubens
Und des Fells und des Geruches.

»Strenge Gleichheit! Jeder Esel
Sei befugt zum höchsten Staatsamt,
Und der Löwe soll dagegen
Mit dem Sack zur Mühle traben.

»Was den Hund betrifft, so ist er
Freilich ein serviler Köter,
Weil Jahrtausende hindurch
Ihn der Mensch wie ’n Hund behandelt;

»Doch in unserm Freistaat geben
Wir ihm wieder seine alten
Unveräußerlichen Rechte,
Und er wird sich bald veredeln.

»Ja sogar die Juden sollen
Volles Bürgerrecht genießen
Und gesetzlich gleichgestellt sein
Allen andern Säugetieren.

»Nur das Tanzen auf den Märkten
Sei den Juden nicht gestattet;
Dies Amendement, ich mach es
Im Intresse meiner Kunst.

»Denn der Sinn für Stil, für strenge
Plastik der Bewegung, fehlt
Jener Rasse, sie verdürben
Den Geschmack des Publikums.«

CAPUT VII

Düster, in der düstern Höhle,
Hockt im trauten Kreis der Seinen
Atta Troll, der Menschenfeind,
Und er brummt und fletscht die Zähne:

»Menschen, schnippische Kanaillen!
Lächelt nur! Von Eurem Lächeln
Wie von Eurem Joch wird endlich
Uns der große Tag erlösen!

»Mich verletzte stets am meisten
Jenes sauersüße Zucken
Um das Maul – ganz unerträglich
Wirkt auf mich dies Menschenlächeln!

»Wenn ich in dem weißen Antlitz
Das fatale Zucken schaute,
Drehten sich herum entrüstet
Mir im Bauche die Gedärme.

»Weil impertinenter noch
Als durch Worte offenbart sich
Durch das Lächeln eines Menschen
Seiner Seele tiefste Frechheit.

»Immer lächeln sie! Sogar
Wo der Anstand einen tiefen
Ernst erfordert, in der Liebe
Feierlichstem Augenblick!

»Immer lächeln sie! Sie lächeln
Selbst im Tanzen. Sie entweihen
Solchermaßen diese Kunst,
Die ein Kultus bleiben sollte.

»Ja, der Tanz, in alten Zeiten,
War ein frommer Akt des Glaubens;
Um den Altar drehte heilig
Sich der priesterliche Reigen.

»Also vor der Bundeslade
Tanzte weiland König David;
Tanzen war ein Gottesdienst,
War ein Beten mit den Beinen!

»Also hab auch ich den Tanz
Einst begriffen, wenn ich tanzte
Auf den Märkten vor dem Volk,
Das mir großen Beifall zollte.

»Dieser Beifall, ich gesteh es,
Tat mir manchmal wohl im Herzen;
Denn Bewundrung selbst dem Feinde
Abzutrotzen, das ist süß!

»Aber selbst im Enthusiasmus
Lächeln sie. Ohnmächtig ist
Selbst die Tanzkunst sie zu bessern,
Und sie bleiben stets frivol.«

CAPUT VIII

Mancher tugendhafte Bürger
Duftet schlecht auf Erden, während
Fürstenknechte mit Lavendel
Oder Ambra parfümiert sind.

Jungfräuliche Seelen gibt es,
Die nach grüner Seife riechen,
Und das Laster hat zuweilen
Sich mit Rosenöl gewaschen.

Darum rümpfe nicht die Nase,
Teurer Leser, wenn die Höhle
Atta Trolls dich nicht erinnert
An Arabiens Spezerein.

Weile mit mir in dem Dunstkreis,
In dem trüben Mißgeruche,
Wo der Held zu seinem Sohne
Wie aus einer Wolke spricht:

»Kind, mein Kind, du meiner Lenden
Jüngster Sprößling, leg dein Einohr
An die Schnauze des Erzeugers
Und saug ein mein ernstes Wort!

»Hüte dich vor Menschendenkart,
Sie verdirbt dir Leib und Seele;
Unter allen Menschen gibt es
Keinen ordentlichen Menschen.

»Selbst die Deutschen, einst die Bessern,
Selbst die Söhne Tuiskions
Unsre Vettern aus der Urzeit,
Diese gleichfalls sind entartet.

»Sind jetzt glaubenlos und gottlos,
Predgen gar den Atheismus –
Kind, mein Kind, nimm dich in Acht
Vor dem Feuerbach und Bauer!

»Werde nur kein Atheist,
So ein Unbär ohne Ehrfurcht
Vor dem Schöpfer – ja, ein Schöpfer
Hat erschaffen dieses Weltall!

»In der Höhe, Sonn und Mond,
Auch die Sterne (die geschwänzten
Gleichfalls wie die ungeschwänzten)
Sind der Abglanz seiner Allmacht.

»In der Tiefe, Land und Meer,
Sind das Echo seines Ruhmes,
Und jedwede Kreatur
Preiset seine Herrlichkeiten.

»Selbst das kleinste Silberläuschen,
Das im Bart des greisen Pilgers
Teilnimmt an der Erdenwallfahrt,
Singt des Ewgen Lobgesang!

»Droben in dem Sternenzelte,
Auf dem goldnen Herrscherstuhle,
Weltregierend, majestätisch,
Sitzt ein kolossaler Eisbär.

»Fleckenlos und schneeweiß glänzend
Ist sein Pelz; es schmückt sein Haupt
Eine Kron von Diamanten,
Die durch alle Himmel leuchtet.

»In dem Antlitz Harmonie
Und des Denkens stumme Taten;
Mit dem Zepter winkt er nur,
Und die Sphären klingen, singen.

»Ihm zu Füßen sitzen fromm
Bärenheilge, die auf Erden
Still geduldet, in den Tatzen
Ihres Martyrtumes Palmen.

»Manchmal springt der Eine auf,
Auch der Andre, wie vom heilgen
Geist geweckt, und sieh! da tanzen
Sie den feierlichsten Hochtanz –

»Hochtanz, wo der Strahl der Gnade
Das Talent entbehrlich machte,
Und vor Seligkeit die Seele
Aus der Haut zu springen sucht!

»Werde ich unwürdger Troll
Einstens solchen Heils teilhaftig?
Und aus irdisch niedrer Trübsal
Übergehn ins Reich der Wonne?

»Werd ich selber, himmelstrunken,
Droben in dem Sternenzelte,
Mit der Glorie, mit der Palme
Tanzen vor dem Thron des Herrn?«

CAPUT IX

Wie die scharlachrote Zunge,
Die ein schwarzer Freiligräthscher
Mohrenfürst verhöhnend grimmig
Aus dem düstern Maul hervorstreckt:

Also tritt der Mond aus dunkelm
Wolkenhimmel. Fernher brausen
Wasserstürze, ewig schlaflos
Und verdrießlich in der Nacht.

Atta Troll steht auf der Koppe
Seines Lieblingsfelsens einsam,
Einsam, und er heult hinunter
In den Nachtwind, in den Abgrund:

»Ja, ich bin ein Bär, ich bin es,
Bin es, den Ihr Zottelbär,
Brummbär, Isegrimm und Petz
Und Gott weiß wie sonst noch nennet.

»Ja, ich bin ein Bär, ich bin es,
Bin die ungeschlachte Bestie,
Bin das plumpe Trampeltier
Eures Hohnes, Eures Lächelns!

»Bin die Zielscheib Eures Witzes,
Bin das Ungetüm, womit
Ihr die Kinder schreckt des Abends,
Die unartgen Menschenkinder.

»Bin das rohe Spottgebilde
Eurer Ammenmärchen, bin es,
Und ich ruf es laut hinunter
In die schnöde Menschenwelt.

»Hört es, hört, ich bin ein Bär,
Nimmer schäm ich mich des Ursprungs,
Und bin stolz darauf, als stammt ich
Ab von Moses Mendelssohn!«

CAPUT X

Zwo Gestalten, wild und mürrisch,
Und auf allen Vieren rutschend,
Brechen Bahn sich durch den dunklen
Tannengrund, um Mitternacht.

Das ist Atta Troll, der Vater,
Und sein Söhnchen, Junker Einohr.
Wo der Wald sich dämmernd lichtet,
Bei dem Blutstein, stehn sie stille.

»Dieser Stein« – brummt Atta Troll –
»Ist der Altar, wo Druiden
In der Zeit des Aberglaubens
Menschenopfer abgeschlachtet.

»O der schauderhaften Greuel!
Denk ich dran, sträubt sich das Haar
Auf dem Rücken mir – Zur Ehre
Gottes wurde Blut vergossen!

»Jetzt sind freilich aufgeklärter
Diese Menschen, und sie töten
Nicht einander mehr aus Eifer
Für die himmlischen Intressen; –

»Nein, nicht mehr der fromme Wahn,
Nicht die Schwärmerei, nicht Tollheit,
Sondern Eigennutz und Selbstsucht
Treibt sie jetzt zu Mord und Totschlag.

»Nach den Gütern dieser Erde
Greifen alle um die Wette,
Und das ist ein ewges Raufen,
Und ein jeder stiehlt für sich!

»Ja, das Erbe der Gesamtheit
Wird dem Einzelnen zur Beute,
Und von Rechten des Besitzes
Spricht er dann, von Eigentum!

»Eigentum! Recht des Besitzes!
O des Diebstahls! O der Lüge!
Solch Gemisch von List und Unsinn
Konnte nur der Mensch erfinden.

»Keine Eigentümer schuf
Die Natur, denn taschenlos,
Ohne Taschen in den Pelzen,
Kommen wir zur Welt, wir Alle.

»Keinem von uns Allen wurden
Angeboren solche Säckchen
In dem äußern Leibesfelle,
Um den Diebstahl zu verbergen.

»Nur der Mensch, das glatte Wesen,
Das mit fremder Wolle künstlich
Sich bekleidet, wußt auch künstlich
Sich mit Taschen zu versorgen.

»Eine Tasche! Unnatürlich
Ist sie wie das Eigentum,
Wie die Rechte des Besitzes –
Taschendiebe sind die Menschen!

»Glühend haß ich sie! Vererben
Will ich dir, mein Sohn, den Haß.
Hier auf diesem Altar sollst du
Ewgen Haß den Menschen schwören!

»Sei der Todfeind jener argen
Unterdrücker, unversöhnlich,
Bis ans Ende deiner Tage, –
Schwör es, schwör es hier, mein Sohn!«

Und der Jüngling schwur, wie ehmals
Hannibal. Der Mond beschien
Gräßlich gelb den alten Blutstein
Und die beiden Misanthropen. – –

Später wollen wir berichten,
Wie der Jungbär treu geblieben
Seinem Eidschwur; unsre Leier
Feiert ihn im nächsten Epos.

Was den Atta anbetrifft,
So verlassen wir ihn gleichfalls,
Doch um später ihn zu treffen,
Desto sichrer, mit der Kugel.

Deine Untersuchungsakten,
Hochverräter an der Menschheit
Majestät! sind jetzt geschlossen;
Morgen wird auf dich gefahndet.

CAPUT XI

Wie verschlafne Bajaderen
Schaun die Berge, stehen fröstelnd
In den weißen Nebelhemden,
Die der Morgenwind bewegt.

Doch sie werden bald ermuntert
Von dem Sonnengott, er streift
Ihnen ab die letzte Hülle
Und bestrahlt die nackte Schönheit!

In der Morgenfrühe war ich
Mit Laskaro ausgezogen
Auf die Bärenjagd. Um Mittag
Kamen wir zum Pont-d'Espagne.

So geheißen ist die Brücke,
Die aus Frankreich führt nach Spanien,
Nach dem Land der Westbarbaren,
Die um tausend Jahr zurück sind.

Sind zurück um tausend Jahre
In moderner Weltgesittung –
Meine eignen Ostbarbaren
Sind es nur um ein Jahrhundert.

Zögernd, fast verzagt, verließ ich
Den geweihten Boden Frankreichs,
Dieses Vaterlands der Freiheit
Und der Frauen, die ich liebe.

Mitten auf dem Pont d'Espagne
Saß ein armer Spanier. Elend
Lauschte aus des Mantels Löchern,
Elend lauschte aus den Augen.

Eine alte Mandoline
Kneipte er mit magern Fingern;
Schriller Mißlaut, der verhöhnend
Aus den Klüften widerhallte.

Manchmal beugt' er sich hinunter
Nach dem Abgrund und er lachte,
Klimperte nachher noch toller,
Und er sang dabei die Worte:

»Mitten drin in meinem Herzen
Steht ein kleines güldnes Tischchen,
Um das kleine güldne Tischchen
Stehn vier kleine güldne Stühlchen.

»Auf den güldnen Stühlchen sitzen
Kleine Dämchen, güldne Pfeile
Im Chignon; sie spielen Karten,
Aber Clara nur gewinnt.

»Sie gewinnt und lächelt schalkhaft.
Ach, in meinem Herzen, Clara,
Wirst du jedesmal gewinnen,
Denn du hast ja alle Trümpfe.« –

Weiter wandernd, zu mir selber
Sprach ich: Sonderbar, der Wahnsinn
Sitzt und singt auf jener Brücke,
Die aus Frankreich führt nach Spanien.

Ist der tolle Bursch das Sinnbild
Vom Ideentausch der Länder?
Oder ist er seines Volkes
Sinnverrücktes Titelblatt?

Gegen Abend erst erreichten
Wir die klägliche Posada,
Wo die Ollea-Potrida
Dampfte in der schmutzgen Schüssel.

Dorten aß ich auch Garbanzos,
Groß und schwer wie Flintenkugeln,
Unverdaulich selbst dem Deutschen,
Der mit Klößen aufgewachsen.

Und ein Seitenstück der Küche
War das Bett. Ganz mit Insekten
Wie gepfeffert – Ach! die Wanzen
Sind des Menschen schlimmste Feinde.

Schlimmer als der Zorn von tausend
Elefanten ist die Feindschaft
Einer einzgen kleinen Wanze,
Die auf deinem Lager kriecht.

Mußt dich ruhig beißen lassen –
Das ist schlimm – Noch schlimmer ist es,
Wenn du sie zerdrückst: der Mißduft
Quält dich dann die ganze Nacht.

Ja, das Schrecklichste auf Erden
Ist der Kampf mit Ungeziefer,
Dem Gestank als Waffe dient –
Das Duell mit einer Wanze!

CAPUT XII

Wie sie schwärmen, die Poeten,
Selbst die zahmen! und sie singen
Und sie sagen: die Natur
Sei ein großer Tempel Gottes;

Sei ein Tempel, dessen Prächte
Von dem Ruhm des Schöpfers zeugten,
Sonne, Mond und Sterne hingen
Dort als Lampen in der Kuppel.

Immerhin, Ihr guten Leute!
Doch gesteht, in diesem Tempel
Sind die Treppen unbequem –
Niederträchtig schlechte Treppen!

Dieses Ab- und Niedersteigen,
Bergaufklimmen und das Springen
Über Blöcke, es ermüdet
Meine Seel und meine Beine.

Neben mir schritt der Laskaro,
Blaß und lang, wie eine Kerze;
Niemals spricht er, niemals lacht er,
Er, der tote Sohn der Hexe.

Ja, es heißt, er sei ein Toter,
Längst verstorben, doch der Mutter,
Der Uraka, Zauberkünste
Hielten scheinbar ihn am Leben. –

Die verwünschten Tempeltreppen!
Daß ich stolpernd in den Abgrund
Nicht den Hals gebrochen mehrmals,
Ist mir heut noch unbegreiflich.

Wie die Wasserstürze kreischten!
Wie der Wind die Tannen peitschte,
Daß sie heulten! Plötzlich platzten
Auch die Wolken – schlechtes Wetter!

In der kleinen Fischerhütte,
An dem Lac-de-Gobe fanden
Wir ein Obdach und Forellen;
Diese aber schmeckten köstlich.

In dem Polsterstuhle lehnte,
Krank und grau, der alte Fährmann.
Seine beiden schönen Nichten,
Gleich zwei Engeln, pflegten seiner.

Dicke Engel, etwas flämisch,
Wie entsprungen aus dem Rahmen
Eines Rubens: goldne Locken,
Kerngesunde, klare Augen,

Grübchen in Zinnoberwangen,
Drin die Schalkheit heimlich kichert,
Und die Glieder stark und üppig,
Lust und Furcht zugleich erregend.

Hübsche, herzliche Geschöpfe,
Die sich köstlich disputierten:
Welcher Trank dem siechen Oheim
Wohl am besten munden würde?

Reicht die Eine ihm die Schale
Mit gekochten Lindenblüten,
Dringt die Andre auf ihn ein
Mit Holunderblumen-Aufguß.

»Keins von beiden will ich saufen«, –
Rief der Alte ungeduldig –
»Holt mir Wein, daß ich den Gästen
Einen bessern Trunk kredenze!«

Ob es wirklich Wein gewesen,
Was ich trank am Lac de Gobe,
Weiß ich nicht. In Braunschweig hätt ich
Wohl geglaubt, es wäre Mumme.

Von dem besten schwarzen Bocksfell
War der Schlauch; er stank vorzüglich.
Doch der Alte trank so freudig,
Und er war gesund und heiter.

Er erzählte uns die Taten
Der Banditen und der Schmuggler,
Die da hausen, frei und frank,
In den Pyrenäenwäldern.

Auch von älteren Geschichten
Wußt er viele, unter andern
Auch die Kämpfe der Giganten
Mit den Bären in der Vorzeit.

Ja, die Riesen und die Bären
Stritten weiland um die Herrschaft
Dieser Berge, dieser Täler,
Eh die Menschen eingewandert.

Bei der Menschen Ankunft flohen
Aus dem Lande fort die Riesen,
Wie verblüfft, denn wenig Hirn
Steckt in solchen großen Köpfen.

Auch behauptet man: die Tölpel,
Als sie an das Meer gelangten
Und gesehn, wie sich der Himmel
In der blauen Flut gespiegelt,

Hätten sie geglaubt, das Meer
Sei der Himmel, und sie stürzten
Sich hinein mit Gottvertrauen;
Seien sämtlich dort ersoffen.

Was die Bären anbeträfe,
So vertilge jetzt der Mensch
Sie allmählich, jährlich schwände
Ihre Zahl in dem Gebirge.

»So macht Einer« – sprach der Alte –
»Platz dem Andern auf der Erde.
Nach dem Untergang der Menschen
Kommt die Herrschaft an die Zwerge,

»An die winzig klugen Leutchen,
Die im Schoß der Berge hausen,
In des Reichtums goldnen Schachten,
Emsig klaubend, emsig sammelnd.

»Wie sie lauern aus den Löchern,
Mit den pfiffig kleinen Köpfchen,
Sah ich selber oft im Mondschein,
Und mir graute vor der Zukunft!

»Vor der Geldmacht jener Knirpse!
Ach, ich fürchte, unsre Enkel
Werden sich wie dumme Riesen
In den Wasserhimmel flüchten!«

CAPUT XIII

In dem schwarzen Felsenkessel
Ruht der See, das tiefe Wasser.
Melancholisch bleiche Sterne
Schaun vom Himmel. Nacht und Stille.

Nacht und Stille. Ruderschläge.
Wie ein plätscherndes Geheimnis
Schwimmt der Kahn. Des Fährmanns Rolle
Übernahmen seine Nichten.

Rudern flink und froh. Im Dunkeln
Leuchten manchmal ihre stämmig
Nackten Arme, sternbeglänzt,
Und die großen blauen Augen.

Mir zur Seite sitzt Laskaro,
Wie gewöhnlich blaß und schweigsam
Mich durchschauert der Gedanke:
Ist er wirklich nur ein Toter?

Bin ich etwa selbst gestorben,
Und ich schiffe jetzt hinunter,
Mit gespenstischen Gefährten,
In das kalte Reich der Schatten?

Dieser See, ist er des Styxes
Düstre Flut? Läßt Proserpine,
In Ermangelung des Charon,
Mich durch ihre Zofen holen?

Nein, ich bin noch nicht gestorben
Und erloschen – In der Seele
Glüht mir noch und jauchzt und lodert
Die lebendge Lebensflamme.

Diese Mädchen, die das Ruder
Lustig schwingen und auch manchmal
Mit dem Wasser, das herabträuft,
Mich bespritzen, lachend, schäkernd –

Diese frischen, drallen Dirnen
Sind fürwahr nicht geisterhafte
Kammerkatzen aus der Hölle,
Nicht die Zofen Proserpinens!

Daß ich ganz mich überzeuge
Ihrer Oberweltlichkeit,
Und der eignen Lebensfülle
Auch tatsächlich mich versichre,

Drückt ich hastig meine Lippen
Auf die roten Wangengrübchen,
Und ich machte den Vernunftschluß:
Ja, ich küsse, also leb ich!

Angelangt ans Ufer, küßt ich
Noch einmal die guten Mädchen;
Nur in dieser Münze ließen
Sie das Fährgeld sich bezahlen.

CAPUT XIV

Aus dem sonngen Goldgrund lachen
Violette Bergeshöhen,
Und am Abhang klebt ein Dörfchen,
Wie ein keckes Vogelnest.

Als ich dort hinaufklomm, fand ich,
Daß die Alten ausgeflogen
Und zurückgeblieben nur
Junge Brut, die noch nicht flügge.

Hübsche Bübchen, kleine Mädchen.
Fast vermummt in scharlochroten
Oder weißen wollnen Kappen;
Spielten Brautfahrt, auf dem Marktplatz.

Ließen sich im Spiel nicht stören,
Und ich sah, wie der verliebte
Mäuseprinz pathetisch kniete
Vor der Katzenkaiserstochter.

Armer Prinz! Er wird vermählt
Mit der Schönen. Mürrisch zankt sie,
Und sie beißt ihn, und sie frißt ihn;
Tote Maus, das Spiel ist aus.

Fast den ganzen Tag verweilt ich
Bei den Kindern, und wir schwatzten
Sehr vertraut. Sie wollten wissen,
Wer ich sei und was ich triebe?

»Lieben Freunde«, – sprach ich – »Deutschland
Heißt das Land, wo ich geboren;
Bären gibt es dort in Menge,
Und ich wurde Bärenjäger.

»Manchem zog ich dort das Fell
Über seine Bärenohren.
Wohl mitunter ward ich selber
Stark gezaust von Bärentatzen.

»Doch mit schlechtgeleckten Tölpeln
Täglich mich herumzubalgen
In der teuren Heimat, dessen
Ward ich endlich überdrüssig.

»Und ich bin hierhergekommen
Beßres Weidwerk aufzusuchen;
Meine Kraft will ich versuchen
An dem großen Atta Troll.

»Dieser ist ein edler Gegner,
Meiner würdig. Ach! in Deutschland
Hab ich manchen Kampf bestanden,
Wo ich mich des Sieges schämte.« – –

Als ich Abschied nahm, da tanzten
Um mich her die kleinen Wesen
Eine Ronde, und sie sangen:
Girofflino, Girofflette!

Keck und zierlich trat zuletzt
Vor mir hin die Allerjüngste,
Knickste zweimal, dreimal, viermal,
Und sie sang mit feiner Stimme:

»Wenn der König mir begegnet,
Mach ich ihm zwei Reverenzen,
Und begegnet mir die Köngin,
Mach ich Reverenzen drei.

»Aber kommt mir gar der Teufel
In den Weg mit seinen Hörnern,
Knicks ich zweimal, dreimal, viermal –
Girofflino, Girofflette!«

Girofflino, Girofflette!
Wiederholt' das Chor, und neckend
Wirbelte um meine Beine
Sich der Ringeltanz und Singsang.

Während ich ins Tal hinabstieg,
Scholl mir nach, verhallend lieblich,
Immerfort, wie Vogelzwitschern:
Girofflino, Girofflette!

CAPUT XV

Riesenhafte Felsenblöcke,
Mißgestaltet und verzerrt,
Schaun mich an gleich Ungetümen,
Die versteinert, aus der Urzeit.

Seltsam! Graue Wolken schweben
Drüber hin, wie Doppelgänger;
Sind ein blödes Konterfei
Jener wilden Steinfiguren.

In der Ferne rast der Sturzbach,
Und der Wind heult in den Föhren;
Ein Geräusch, das unerbittlich
Und fatal wie die Verzweiflung.

Schauerliche Einsamkeiten!
Schwarze Dohlenscharen sitzen
Auf verwittert morschen Tannen,
Flattern mit den lahmen Flügeln.

Neben mir geht der Laskaro,
Blaß und schweigsam, und ich selber
Mag wohl wie der Wahnsinn aussehn,
Den der leidge Tod begleitet.

Eine häßlich wüste Gegend.
Liegt darauf ein Fluch? Ich glaube
Blut zu sehen an den Wurzeln
Jenes Baums, der ganz verkrüppelt.

Er beschattet eine Hütte,
Die verschämt sich in der Erde
Halb versteckt; wie furchtsam flehend
Schaut dich an das arme Strohdach.

Die Bewohner dieser Hütte
Sind Cagoten, Überbleibsel
Eines Stamms, der tief im Dunkeln
Sein zertretnes Dasein fristet.

In den Herzen der Baskesen
Würmelt heute noch der Abscheu
Vor Cagoten. Düstres Erbteil
Aus der düstern Glaubenszeit.

In dem Dome zu Bagnères
Lauscht ein enges Gitterpförtchen;
Dieses, sagte mir der Küster,
War die Türe der Cagoten.

Streng versagt war ihnen ehmals
Jeder andre Kircheneingang,
Und sie kamen wie verstohlen
In das Gotteshaus geschlichen.

Dort auf einem niedern Schemel
Saß der Cagot, einsam betend,
Und gesondert, wie verpestet,
Von der übrigen Gemeinde. –

Aber die geweihten Kerzen
Des Jahrhunderts flackern lustig,
Und das Licht verscheucht die bösen
Mittelalterlichen Schatten! –

Stehn blieb draußen der Laskaro,
Während ich in des Cagoten
Niedre Hütte trat. Ich reichte
Freundlich meine Hand dem Bruder.

Und ich küßte auch sein Kind,
Das, am Busen seines Weibes
Angeklammert, gierig saugte;
Einer kranken Spinne glich es.

CAPUT XVI

Schaust du diese Bergesgipfel
Aus der Fern, so strahlen sie,
Wie geschmückt mit Gold und Purpur,
Fürstlich stolz im Sonnenglanze.

Aber in der Nähe schwindet
Diese Pracht, und wie bei andern
Irdischen Erhabenheiten
Täuschten dich die Lichteffekte.

Was dir Gold und Purpur dünkte,
Ach, das ist nur eitel Schnee,
Eitel Schnee, der blöd und kläglich
In der Einsamkeit sich langweilt.

Oben in der Nähe hört ich,
Wie der arme Schnee geknistert,
Und den fühllos kalten Winden
All sein weißes Elend klagte.

»O, wie langsam« – seufzt' er – »schleichen
In der Öde hier die Stunden!
Diese Stunden ohne Ende,
Wie gefrorne Ewigkeiten!

»O, ich armer Schnee! O, wär ich,
Statt auf diese Bergeshöhen,
Wär ich doch ins Tal gefallen,
In das Tal, wo Blumen blühen!

»Hingeschmolzen wär ich dann
Als ein Bächlein, und des Dorfes
Schönstes Mädchen wüsche lächelnd
Ihr Gesicht mit meiner Welle.

»Ja, ich wär vielleicht geschwommen
Bis ins Meer, wo ich zur Perle
Werden konnte, um am Ende
Eine Königskron zu zieren!«

Als ich diese Reden hörte,
Sprach ich: »Liebster Schnee, ich zweifle,
Daß im Tale solch ein glänzend
Schicksal dich erwartet hätte.

»Tröste dich. Nur wenge unten
Werden Perlen, und du fielest
Dort vielleicht in eine Pfütze,
Und ein Dreck wärst du geworden!«

Während ich in solcher Weise
Mit dem Schnee Gespräche führte,
Fiel ein Schuß, und aus den Lüften
Stürzt' herab ein brauner Geier.

Späßchen wars von dem Laskaro,
Jägerspäßchen. Doch sein Antlitz
Blieb wie immer starr und ernsthaft.
Nur der Lauf der Flinte rauchte.

Eine Feder riß er schweigend
Aus dem Steiß des Vogels, steckte
Sie auf seinen spitzen Filzhut,
Und er schritt des Weges weiter.

Schier unheimlich war der Anblick,
Wie sein Schatten mit der Feder
Auf dem weißen Schnee der Koppen,
Schwarz und lang, sich hinbewegte.

CAPUT XVII

Ist ein Tal gleich einer Gasse,
Geisterhohlweg ist der Name;
Schroffe Felsen ragen schwindlicht
Hoch empor zu jeder Seite.

Dort, am schaurig steilsten Abhang,
Lugt ins Tal, wie eine Warte,
Der Uraka keckes Häuslein;
Dorthin folgt ich dem Laskaro.

Mit der Mutter hielt er Rat,
In geheimster Zeichensprache,
Wie der Atta Troll gelockt
Und getötet werden könne.

Denn wir hatten seine Fährte
Gut erspürt. Entrinnen konnt er
Uns nicht mehr. Gezählt sind deine
Lebenstage, Atta Troll!

Ob die Alte, die Uraka,
Wirklich eine ausgezeichnet
Große Hexe, wie die Leute
In den Pyrenän behaupten,

Will ich nimmermehr entscheiden.
So viel weiß ich, daß ihr Äußres
Sehr verdächtig. Sehr verdächtig
Triefen ihre roten Augen.

Bös und schielend ist der Blick;
Und es heißt, den armen Kühen,
Die sie anblickt, trockne plötzlich
In der Euter alle Milch.

Man versichert gar, sie habe,
Streichelnd mit den dürren Händen,
Manches fette Schwein getötet
Und sogar die stärksten Ochsen.

Solcherlei Verbrechens wurde
Sie zuweilen auch verklagt
Bei dem Friedensrichter. Aber
Dieser war ein Voltairianer,

Ein modernes, flaches Weltkind,
Ohne Tiefsinn, ohne Glauben,
Und die Kläger wurden skeptisch,
Fast verhöhnend, abgewiesen.

Offiziell treibt die Uraka
Ein Geschäft, das sehr honett;
Denn sie handelt mit Bergkräutern
Und mit ausgestopften Vögeln.

Voll von solchen Naturalien
War die Hütte. Schrecklich rochen
Bilsenkraut und Kuckucksblumen,
Pissewurz und Totenflieder.

Eine Kollektion von Geiern
War vortrefflich aufgestellt,
Mit den ausgestreckten Flügeln
Und den ungeheuren Schnäbeln.

Wars der Duft der tollen Pflanzen,
Der betäubend mir zu Kopf stieg?
Wundersam ward mir zu Mute
Bei dem Anblick dieser Vögel.

Sind vielleicht verwünschte Menschen,
Die durch Zauberkunst in diesem
Unglückselgen, ausgestopften
Vogelzustand sich befinden.

Sehn mich an so starr und leidend,
Und zugleich so ungeduldig;
Manchmal scheinen sie auch scheu
Nach der Hexe hinzuschielen.

Diese aber, die Uraka,
Kauert neben ihrem Sohne,
Dem Laskaro, am Kamine.
Kochen Blei und gießen Kugeln.

Gießen jene Schicksalskugel,
Die den Atta Troll getötet.
Wie die Flammen hastig zuckten
Über das Gesicht der Hexe!

Sie bewegt die dünnen Lippen
Unaufhörlich, aber lautlos.
Murmelt sie den Drudensegen,
Daß der Kugelguß gedeihe?

Manchmal kichert sie und nickt sie
Ihrem Sohne. Aber dieser
Fördert sein Geschäft so ernsthaft
Und so schweigsam wie der Tod. –

Schwül bedrückt von Schauernissen,
Ging ich, freie Luft zu schöpfen,
An das Fenster, und ich schaute
Dort hinab ins weite Tal.

Was ich sah zu jener Stunde –
Zwischen Mitternacht und Eins –
Werd ich treu und hübsch berichten
In den folgenden Kapiteln.

CAPUT XVIII

Und es war die Zeit des Vollmonds,
In der Nacht vor Sankt Johannis,
Wo der Spuk der wilden Jagd
Umzieht durch den Geisterhohlweg.

Aus dem Fenster von Urakas
Hexennest konnt ich vortrefflich
Das Gespensterheer betrachten,
Wie es durch die Gasse hinzog.

Hatte einen guten Platz
Den Spektakel anzuschauen;
Ich genoß den vollen Anblick
Grabentstiegner Totenfreude.

Peitschenknall, Hallo und Hussa!
Roßgewiehr, Gebell von Hunden!
Jagdhorntöne und Gelächter!
Wie das jauchzend widerhallte!

Lief voraus, gleichsam als Vortrab,
Abenteuerliches Hochwild,
Hirsch und Säue, rudelweis;
Hetzend hinterdrein die Meute.

Jäger aus verschiednen Zonen
Und aus gar verschiednen Zeiten;
Neben Nimrod von Assyrien
Ritt z. B. Karl X.

Hoch auf weißen Rossen sausten
Sie dahin. Zu Fuße folgten
Die Pikeure mit der Koppel
Und die Pagen mit den Fackeln.

Mancher in dem wüsten Zuge
Schien mir wohlbekannt – der Ritter,
Der in goldner Rüstung glänzte,
War es nicht der König Artus?

Und Herr Ogier, der Däne,
Trug er nicht den schillernd grünen
Ringenpanzer, daß er aussah
Wie ein großer Wetterfrosch?

Auch der Helden des Gedankens
Sah ich manchen in dem Zuge.
Ich erkannte unsern Wolfgang
An dem heitern Glanz der Augen –

Denn, verdammt von Hengstenberg,
Kann er nicht im Grabe ruhen,
Und mit heidnischem Gelichter
Setzt er fort des Lebens Jagdlust.

An des Mundes holdem Lächeln
Hab ich auch erkannt den William,
Den die Puritaner gleichfalls
Einst verflucht; auch dieser Sünder

Muß das wilde Heer begleiten
Nachts auf einem schwarzen Rappen.
Neben ihm, auf einem Esel,
Ritt ein Mensch – Und, heilger Himmel,

An der matten Betermiene,
An der frommen weißen Schlafmütz,
An der Seelenangst, erkannt ich
Unsern alten Freund Franz Horn!

Weil er einst das Weltkind Shakspear
Kommentiert, muß jetzt der Ärmste
Nach dem Tode mit ihm reiten
Im Tumult der wilden Jagd!

Ach, mein stiller Franz muß reiten,
Er, der kaum gewagt zu gehen,
Er, der nur im Teegeschwätze
Und im Beten sich bewegte!

Werden nicht die alten Jungfern,
Die gehätschelt seine Ruhe,
Sich entsetzen, wenn sie hören,
Daß der Franz ein wilder Jäger!

Wenn es manchmal im Galopp geht,
Schaut der große William spöttisch
Auf den armen Kommentator,
Der im Eselstrab ihm nachfolgt,

Ganz ohnmächtig, fest sich krampend
An den Sattelknopf des Grauchens,
Doch im Tode, wie im Leben,
Seinem Autor treulich folgend.

Auch der Damen sah ich viele
In dem tollen Geisterzuge,
Ganz besonders schöne Nymphen,
Schlanke, jugendliche Leiber.

Rittlings saßen sie zu Pferde,
Mythologisch splitternackt;
Doch die Haare fielen lockigt
Lang herab, wie goldne Mäntel.

Trugen Kränze auf den Häuptern,
Und mit keck zurückgebognen,
Übermütgen Posituren
Schwangen sie belaubte Stäbe.

Neben ihnen sah ich einge
Zugeknöpfte Ritterfräulein,
Schräg auf Damensätteln sitzend,
Und den Falken auf der Faust.

Parodistisch hinterdrein,
Auf Schindmähren, magern Kleppern,
Ritt ein Troß von komödiantisch
Aufgeputzten Weibspersonen,

Deren Antlitz reizend lieblich,
Aber auch ein bißchen frech.
Schrien, wie rasend, mit den vollen
Liederlich geschminkten Backen.

Wie das jubelnd widerhallte!
Jagdhorntöne und Gelächter!
Roßgewiehr, Gebell von Hunden!
Peitschenknall, Hallo und Hussa!

CAPUT XIX

Aber als der Schönheit Kleeblatt
Ragten in des Zuges Mitten
Drei Gestalten – Nie vergeß ich
Diese holden Frauenbilder.

Leicht erkennbar war die Eine
An dem Halbmond auf dem Haupte;
Stolz, wie eine reine Bildsäul,
Ritt einher die große Göttin.

Hochgeschürzte Tunika,
Brust und Hüften halb bedeckend.
Fackellicht und Mondschein spielten
Lüstern um die weißen Glieder.

Auch das Antlitz weiß wie Marmor,
Und wie Marmor kalt. Entsetzlich
War die Starrheit und die Blässe
Dieser strengen edlen Züge.

Doch in ihrem schwarzen Auge
Loderte ein grauenhaftes
Und unheimlich süßes Feuer,
Seelenblendend und verzehrend.

Wie verändert ist Diana,
Die, im Übermut der Keuschheit,
Einst den Aktäon verhirschte
Und den Hunden preisgegeben!

Büßt sie jetzt für diese Sünde
In galantester Gesellschaft?
Wie ein spukend armes Weltkind
Fährt sie nächtlich durch die Lüfte.

Spät zwar, aber desto stärker
Ist erwacht in ihr die Wollust,
Und es brennt in ihren Augen
Wie ein wahrer Höllenbrand.

Die verlorne Zeit bereut sie,
Wo die Männer schöner waren,
Und die Quantität ersetzt ihr
Jetzt vielleicht die Qualität.

Neben ihr ritt eine Schöne,
Deren Züge nicht so griechisch
Streng gemessen, doch sie strahlten
Von des Celtenstammes Anmut.

Dieses war die Fee Abunde,
Die ich leicht erkennen konnte
An der Süße ihres Lächelns
Und am herzlich tollen Lachen!

Ein Gesicht, gesund und rosig,
Wie gemalt von Meister Greuze,
Mund in Herzform, stets geöffnet,
Und entzückend weiße Zähne.

Trug ein flatternd blaues Nachtkleid,
Das der Wind zu lüften suchte –
Selbst in meinen besten Träumen
Sah ich nimmer solche Schultern!

Wenig fehlte und ich sprang
Aus dem Fenster, sie zu küssen!
Dieses wär mir schlecht bekommen,
Denn den Hals hätt ich gebrochen.

Ach! sie hätte nur gelacht,
Wenn ich unten in den Abgrund
Blutend fiel zu ihren Füßen –
Ach! ich kenne solches Lachen!

Und das dritte Frauenbild,
Das dein Herz so tief bewegte,
War es eine Teufelinne,
Wie die andern zwo Gestalten?

Obs ein Teufel oder Engel,
Weiß ich nicht. Genau bei Weibern
Weiß man niemals, wo der Engel
Aufhört und der Teufel anfängt.

Auf dem glutenkranken Antlitz
Lag des Morgenlandes Zauber,
Auch die Kleider mahnten kostbar
An Scheherezadens Märchen.

Sanfte Lippen, wie Grenaten,
Ein gebognes Liljennäschen,
Und die Glieder schlank und kühlig
Wie die Palme der Oase.

Lehnte hoch auf weißem Zelter,
Dessen Goldzaum von zwei Mohren
Ward geleitet, die zu Fuß
An der Fürstin Seite trabten.

Wirklich eine Fürstin war sie,
War Judäas Königin,
Des Herodes schönes Weib,
Die des Täufers Haupt begehrt hat.

Dieser Blutschuld halber ward sie
Auch vermaledeit; als Nachtspuk
Muß sie bis zum jüngsten Tage
Reiten mit der wilden Jagd.

In den Händen trägt sie immer
Jene Schüssel mit dem Haupte
Des Johannes, und sie küßt es;
Ja, sie küßt das Haupt mit Inbrunst.

Denn sie liebte einst Johannem –
In der Bibel steht es nicht,
Doch im Volke lebt die Sage
Von Herodias' blutger Liebe –

Anders wär ja unerklärlich
Das Gelüste jener Dame –
Wird ein Weib das Haupt begehren
Eines Manns, den sie nicht liebt?

War vielleicht ein bißchen böse
Auf den Liebsten, ließ ihn köpfen;
Aber als sie auf der Schüssel
Das geliebte Haupt erblickte,

Weinte sie und ward verrückt,
Und sie starb in Liebeswahnsinn.
(Liebeswahnsinn! Pleonasmus!
Liebe ist ja schon ein Wahnsinn!)

Nächtlich auferstehend trägt sie,
Wie gesagt, das blutge Haupt
In der Hand, auf ihrer Jagdfahrt –
Doch mit toller Weiberlaune

Schleudert sie das Haupt zuweilen
Durch die Lüfte, kindisch lachend,
Und sie fängt es sehr behende
Wieder auf, wie einen Spielball.

Als sie mir vorüberritt,
Schaute sie mich an und nickte
So kokett zugleich und schmachtend,
Daß mein tiefstes Herz erbebte.

Dreimal auf und niederwogend
Fuhr der Zug vorbei, und dreimal
Im Vorüberreiten grüßte
Mich das liebliche Gespenst.

Als der Zug bereits erblichen
Und verklungen das Getümmel,
Loderte mir im Gehirne
Immer fort der holde Gruß.

Und die ganze Nacht hindurch
Wälzte ich die müden Glieder
Auf der Streu – (denn Federbetten
Gabs nicht in Urakas Hütte) –

Und ich sann: was mag bedeuten
Das geheimnisvolle Nicken?
Warum hast du mich so zärtlich
Angesehn, Herodias?

CAPUT XX

Sonnenaufgang. Goldne Pfeile
Schießen nach den weißen Nebeln,
Die sich röten, wie verwundet,
Und in Glanz und Licht zerrinnen.

Endlich ist der Sieg erfochten,
Und der Tag, der Triumphator,
Tritt, in strahlend voller Glorie,
Auf den Nacken des Gebirges.

Der Gevögel laute Sippschaft
Zwitschert in verborgnen Nestern,
Und ein Kräuterduft erhebt sich,
Wie 'n Konzert von Wohlgerüchen. –

In der ersten Morgenfrühe
Waren wir ins Tal gestiegen,
Und derweilen der Laskaro
Seines Bären Spur verfolgte,

Suchte ich die Zeit zu töten
Mit Gedanken. Doch das Denken
Machte mich am Ende müde
Und sogar ein bißchen traurig.

Endlich müd und traurig sank ich
Nieder auf die weiche Moosbank,
Unter jener großen Esche,
Wo die kleine Quelle floß,

Die mit wunderlichem Plätschern
Also wunderlich betörte
Mein Gemüt, daß die Gedanken
Und das Denken mir vergingen.

Es ergriff mich wilde Sehnsucht
Wie nach Traum und Tod und Wahnsinn,
Und nach jenen Reiterinnen,
Die ich sah im Geisterheerzug.

O, Ihr holden Nachtgesichte,
Die das Morgenrot verscheuchte,
Sagt, wohin seid Ihr entflohen?
Sagt, wo hauset Ihr am Tage?

Unter alten Tempeltrümmern,
Irgendwo in der Romagna,
(Also heißt es) birgt Diana
Sich vor Christi Tagesherrschaft.

Nur in mitternächtgem Dunkel
Wagt sie es hervorzutreten,
Und sie freut sich dann des Weidwerks
Mit den heidnischen Gespielen.

Auch die schöne Fee Abunde
Fürchtet sich vor Nazarenern,
Und den Tag hindurch verweilt sie
In dem sichern Avalun.

Dieses Eiland liegt verborgen
Ferne, in dem stillen Meere
Der Romantik, nur erreichbar
Auf des Fabelrosses Flügeln.

Niemals ankert dort die Sorge,
Niemals landet dort ein Dampfschiff
Mit neugierigen Philistern,
Tabakspfeifen in den Mäulern.

Niemals dringt dorthin das blöde
Dumpflangweilge Glockenläuten,
Jene trüben Bumm-Bamm-Klänge,
Die den Feen so verhaßt.

Dort in ungestörtem Frohsinn,
Und in ewger Jugend blühend,
Residiert die heitre Dame,
Unsre blonde Frau Abunde.

Lachend geht sie dort spazieren
Unter hohen Sonnenblumen,
Mit dem kosenden Gefolge
Weltentrückter Paladine.

Aber du, Herodias,
Sag, wo bist du? – Ach, ich weiß es,
Du bist tot und liegst begraben
Bei der Stadt Jeruscholayim!

Starren Leichenschlaf am Tage
Schläfst du in dem Marmorsarge;
Doch um Mitternacht erweckt dich
Peitschenknall, Hallo und Hussa!

Und du folgst dem wilden Heerzug
Mit Dianen und Abunden,
Mit den heitern Jagdgenossen,
Denen Kreuz und Qual verhaßt ist!

Welche köstliche Gesellschaft!
Könnt ich nächtlich mit Euch jagen
Durch die Wälder! Dir zur Seite
Ritt ich stets, Herodias!

Denn ich liebe dich am meisten!
Mehr als jene Griechengöttin,
Mehr als jene Fee des Nordens,
Lieb ich dich, du tote Jüdin!

Ja, ich liebe dich! Ich merk es
An dem Zittern meiner Seele.
Liebe mich und sei mein Liebchen,
Schönes Weib, Herodias!

Liebe mich und sei mein Liebchen!
Schleudre fort den blutgen Dummkopf
Samt der Schüssel, und genieße
Schmackhaft bessere Gerichte.

Bin so recht der rechte Ritter,
Den du brauchst – Mich kümmerts wenig,
Daß du tot und gar verdammt bist –
Habe keine Vorurteile –

Haperts doch mit meiner eignen
Seligkeit, und ob ich selber
Noch dem Leben angehöre,
Daran zweifle ich zuweilen!

Nimm mich an als deinen Ritter,
Deinen Cavalièr-servente;
Werde deinen Mantel tragen
Und auch alle deine Launen.

Jede Nacht, an deiner Seite,
Reit ich mit dem wilden Heere,
Und wir kosen und wir lachen
Über meine tollen Reden.

Werde dir die Zeit verkürzen
In der Nacht – Jedoch am Tage
Schwindet jede Lust, und weinend
Sitz ich dann auf deinem Grabe.

Ja, am Tage sitz ich weinend
Auf dem Schutt der Königsgrüfte,
Auf dem Grabe der Geliebten,
Bei der Stadt Jeruscholayim.

Alte Juden, die vorbeigehn,
Glauben dann gewiß, ich traure
Ob dem Untergang des Tempels
Und der Stadt Jeruscholayim.

CAPUT XXI

Argonauten ohne Schiff,
Die zu Fuß gehn im Gebirge,
Und anstatt des goldnen Vließes
Nur ein Bärenfell erzielen –

Ach! wir sind nur arme Teufel,
Helden von modernem Zuschnitt,
Und kein klassischer Poet
Wird uns im Gesang verewgen!

Und wir haben doch erlitten
Große Nöten! Welcher Regen
Überfiel uns auf der Koppe,
Wo kein Baum und kein Fiaker!

Wolkenbruch! (Das Bruchband platzte.)
Kübelweis stürzt' es herunter!
Jason ward gewiß auf Kolchis
Nicht durchnäßt von solchem Sturzbad.

»Einen Regenschirm! ich gebe
Sechsunddreißig Könige
Jetzt für einen Regenschirm!«
Rief ich, und das Wasser troff.

Sterbensmüde, sehr verdrießlich,
Wie begoßne Pudel, kamen
Wir in später Nacht zurück
Nach der hohen Hexenhütte.

Dort am lichten Feuerherde
Saß Uraka und sie kämmte
Ihren großen, dicken Mops.
Diesem gab sie schnell den Laufpaß,

Um mit uns sich zu beschäftgen.
Sie bereitete mein Lager,
Löste mir die Espardillen,
Dieses unbequeme Fußzeug,

Half mir beim Entkleiden, zog mir
Auch die Hosen aus; sie klebten
Mir am Beine, eng und treu,
Wie die Freundschaft eines Tölpels.

»Einen Schlafrock! Sechsunddreißig
Könige für einen trocknen
Schlafrock!« rief ich, und es dampfte
Mir das nasse Hemd am Leibe.

Fröstelnd, zähneklappernd stand ich
Eine Weile an dem Herde.
Wie betäubt vom Feuer sank ich
Endlich nieder auf die Streu.

Konnt nicht schlafen. Blinzelnd schaut ich
Nach der Hex, die am Kamin saß
Und den Oberleib des Sohnes,
Den sie ebenfalls entkleidet,

Auf dem Schoß hielt. Ihr zur Seite,
Aufrecht, stand der dicke Mops,
Und in seinen Vorderpfoten
Hielt er sehr geschickt ein Töpfchen.

Aus dem Töpfchen nahm Uraka
Rotes Fett, bestrich damit
Ihres Sohnes Brust und Rippen,
Rieb sie hastig, zitternd hastig.

Und derweil sie rieb und salbte,
Summte sie ein Wiegenliedchen,
Näselnd fein; dazwischen seltsam
Knisterten des Herdes Flammen.

Wie ein Leichnam, gelb und knöchern,
Lag der Sohn im Schoß der Mutter;
Todestraurig, weit geöffnet
Starren seine bleichen Augen.

Ist er wirklich ein Verstorbner,
Dem die Mutterliebe nächtlich
Mit der stärksten Hexensalbe
Ein verzaubert Leben einreibt? –

Wunderlicher Fieberhalbschlaf!
Wo die Glieder bleiern müde
Wie gebunden, und die Sinne
Überreizt und gräßlich wach!

Wie der Kräuterduft im Zimmer
Mich gepeinigt! Schmerzlich grübelnd
Sann ich nach, wo ich dergleichen
Schon gerochen? Sann vergebens.

Wie der Windzug im Kamine
Mich geängstigt! Klang wie Ächzen
Von getrocknet armen Seelen –
Schienen wohlbekannte Stimmen.

Doch zumeist ward ich gequält
Von den ausgestopften Vögeln,
Die, auf einem Brett, zu Häupten
Neben meinem Lager standen.

Langsam schauerlich bewegten
Sie die Flügel, und sie beugten
Sich zu mir herab mit langen
Schnäbeln, die wie Menschennasen.

Ach! wo hab ich solche Nasen
Schon gesehn? War es zu Hamburg
Oder Frankfurt, in der Gasse?
Qualvoll dämmernd die Erinnrung!

Endlich übermannte gänzlich
Mich der Schlaf, und an die Stelle
Wachender Phantasmen trat
Ein gesunder, fester Traum.

Und mir träumte, daß die Hütte
Plötzlich ward zu einem Ballsaal,
Der von Säulen hochgetragen
Und erhellt von Girandolen.

Unsichtbare Musikanten
Spielten aus Robert-le-Diable
Die verruchten Nonnentänze;
Ging dort ganz allein spazieren.

Endlich aber öffnen sich
Weit die Pforten, und es kommen,
Langsam feierlichen Schrittes,
Gar verwunderliche Gäste.

Lauter Bären und Gespenster!
Aufrecht wandelnd, führt ein jeder
Von den Bären ein Gespenst,
Das vermummt im weißen Grabtuch.

Solcherweis gepaart, begannen
Sie zu walzen, auf und nieder,
Durch den Saal. Kurioser Anblick!
Zum Erschrecken und zum Lachen!

Denn den plumpen Bären ward es
Herzlich sauer Schritt zu halten
Mit den weißen Luftgebilden,
Die sich wirbelnd leicht bewegten.

Unerbittlich fortgerissen
Wurden jene armen Bestien,
Und ihr Schnaufen überdröhnte
Fast den Brummbaß des Orchesters.

Manchmal walzten sich die Paare
Auf den Leib, und dem Gespenste,
Das ihn anstieß, gab der Bär
Einge Tritte in den Hintern.

Manchmal auch, im Tanzgetümmel,
Riß der Bär das Leichenlaken
Von dem Haupt des Tanzgenossen;
Kam ein Totenkopf zum Vorschein.

Endlich aber jauchzten schmetternd
Die Trompeten und die Zimbeln,
Und es donnerten die Pauken,
Und es kam die Galoppade.

Diese träumt ich nicht zu Ende –
Denn ein ungeschlachter Bär
Trat mir auf die Hühneraugen,
Daß ich aufschrie und erwachte.

CAPUT XXII

Phöbus, in der Sonnendroschke,
Peitschte seine Flammenrosse
Und er hatte schon zur Hälfte
Seine Himmelsfahrt vollendet –

Während ich im Schlafe lag
Und von Bären und Gespenstern,
Die sich wunderlich umschlangen,
Tolle Arabesken! träumte.

Mittag wars, als ich erwachte,
Und ich fand mich ganz allein.
Meine Wirtin und Laskaro
Gingen auf die Jagd schon frühe.

In der Hütte blieb zurück
Nur der Mops. Am Feuerherde
Stand er aufrecht vor dem Kessel,
In den Pfoten einen Löffel.

Schien vortrefflich abgerichtet,
Wenn die Suppe überkochte,
Schnell darin herumzurühren
Und die Blasen abzuschäumen.

Aber bin ich selbst behext?
Oder lodert mir im Kopfe
Noch das Fieber? Meinen Ohren
Glaub ich kaum – es spricht der Mops!

Ja, er spricht, und zwar gemütlich
Schwäbisch ist die Mundart; träumend,
Wie verloren in Gedanken,
Spricht er folgendergestalt:

»O, ich armer Schwabendichter!
In der Fremde muß ich traurig
Als verwünschter Mops verschmachten
Und den Hexenkessel hüten!

»Welch ein schändliches Verbrechen
Ist die Zauberei! Wie tragisch
Ist mein Schicksal: menschlich fühlen
In der Hülle eines Hundes!

»Wär ich doch daheim geblieben,
Bei den trauten Schulgenossen!
Das sind keine Hexenmeister,
Sie bezaubern keinen Menschen.

»Wär ich doch daheim geblieben,
Bei Karl Mayer, bei den süßen
Gelbveiglein des Vaterlandes,
Bei den frommen Metzelsuppen!

»Heute sterb ich fast vor Heimweh –
Sehen möcht ich nur den Rauch,
Der emporsteigt aus dem Schornstein,
Wenn man Nudeln kocht in Stukkert!«

Als ich dies vernahm, ergriff mich
Tiefe Rührung; von dem Lager
Sprang ich auf, an das Kamin
Setzt ich mich, und sprach mitleidig:

»Edler Sänger, wie gerietest
Du in diese Hexenhütte?
Und warum hat man so grausam
Dich in einen Hund verwandelt?«

Jener aber rief mit Freude:
»Also sind Sie kein Franzose?
Sind ein Deutscher und verstanden
Meinen stillen Monolog?

»Ach, Herr Landsmann, welch ein Unglück,
Daß der Legationsrat Kölle,
Wenn wir bei Tabak und Bier
In der Kneipe diskurierten,

»Immer auf den Satz zurückkam,
Man erwürbe nur durch Reisen
Jene Bildung, die er selber
Aus der Fremde mitgebracht!

»Um mir nun die rohe Kruste
Von den Beinen abzulaufen
Und, wie Kölle, mir die feinern
Weltmannssitten anzuschleifen:

»Nahm ich Abschied von der Heimat,
Und auf meiner Bildungsreise
Kam ich nach den Pyrenäen,
Nach der Hütte der Uraka.

»Bracht ihr ein Empfehlungsschreiben
Vom Justinus Kerner; dachte
Nicht daran, daß dieser Freund
In Verbindung steht mit Hexen.

»Freundlich nahm mich auf Uraka,
Doch es wuchs, zu meinem Schrecken,
Diese Freundlichkeit, ausartend
Endlich gar in Sinnenbrunst.

»Ja, es flackerte die Unzucht
Scheußlich auf im welken Busen
Dieser lasterhaften Vettel,
Und sie wollte mich verführen.

»Doch ich flehte: Ach, entschuldgen
Sie, Madam! bin kein frivoler
Goetheaner, ich gehöre
Zu der Dichterschule Schwabens.

»Sittlichkeit ist unsre Muse,
Und sie trägt vom dicksten Leder
Unterhosen – ach! vergreifen
Sie sich nicht an meiner Tugend!

»Andre Dichter haben Geist,
Andre Phantasie, und andre
Leidenschaft, jedoch die Tugend
Haben wir, die Schwabendichter.

»Das ist unser einzges Gut!
Rauben Sie mir nicht den sittlich
Religiösen Bettelmantel,
Welcher meine Blöße deckt!

»Also sprach ich, doch ironisch
Lächelte das Weib, und lächelnd
Nahm sie eine Mistelgerte
Und berührt damit mein Haupt.

»Ich empfand alsbald ein kaltes
Mißgefühl, als überzöge
Eine Gänsehaut die Glieder.
Doch die Haut von einer Gans

»War es nicht, es war vielmehr
Eines Hundes Fell – seit jener
Unheilstund bin ich verwandelt,
Wie Sie sehn, in einen Mops!«

Armer Schelm! Vor lauter Schluchzen
Konnte er nicht weiter sprechen,
Und er weinte so beträglich,
Daß er fast zerfloß in Tränen.

»Hören Sie«, sprach ich mit Wehmut,
»Kann ich etwa von dem Hundsfell
Sie befrein und Sie der Dichtkunst
Und der Menschheit wiedergeben?«

Jener aber hub wie trostlos
Und verzweiflungsvoll die Pfoten
In die Höhe, und mit Seufzen
Und mit Stöhnen sprach er endlich:

»Bis zum jüngsten Tage bleib ich
Eingekerkert in der Mopshaut,
Wenn nicht einer Jungfrau Großmut
Mich erlöst aus der Verwünschung.

»Ja, nur eine reine Jungfrau,
Die noch keinen Mann berührt hat
Und die folgende Bedingung
Treu erfüllt, kann mich erlösen:

»Diese reine Jungfrau muß
In der Nacht von Sankt Silvester
Die Gedichte Gustav Pfizers
Lesen – ohne einzuschlafen!

»Blieb sie wach bei der Lektüre,
Schloß sie nicht die keuschen Augen –
Dann bin ich entzaubert, menschlich
Atm ich auf, ich bin entmopst!«

»Ach in diesem Falle« – sprach ich –
»Kann ich selbst nicht unternehmen
Das Erlösungswerk; denn erstens
Bin ich keine reine Jungfrau,

»Und im Stande wär ich zweitens
Noch viel wenger, die Gedichte
Gustav Pfizers je zu lesen,
Ohne dabei einzuschlafen.«

CAPUT XXIII

Aus dem Spuk der Hexenwirtschaft
Steigen wir ins Tal herunter;
Unsre Füße fassen wieder
Boden in dem Positiven.

Fort, Gespenster! Nachtgesichte!
Luftgebilde! Fieberträume!
Wir beschäftgen uns vernünftig
Wieder mit dem Atta Troll.

In der Höhle, bei den Jungen,
Liegt der Alte, und er schläft
Mit dem Schnarchen des Gerechten;
Endlich wacht er gähnend auf.

Neben ihm hockt Junker Einohr,
Und er kratzt sich an dem Kopfe
Wie ein Dichter, der den Reim sucht;
Auch skandiert er an den Tatzen.

Gleichfalls an des Vaters Seite
Liegen träumend auf dem Rücken,
Unschuldrein, vierfüßge Liljen,
Atta Trolls geliebte Töchter.

Welche zärtliche Gedanken
Schmachten in der Blütenseele
Dieser weißen Bärenjungfraun?
Tränenfeucht sind ihre Blicke.

Ganz besonders scheint die Jüngste
Tiefbewegt. In ihrem Herzen
Fühlt sie schon ein selges Jucken,
Ahndet sie die Macht Cupidos.

Ja, der Pfeil des kleinen Gottes
Ist ihr durch den Pelz gedrungen,
Als sie Ihn erblickt – O Himmel,
Den sie liebt, der ist ein Mensch!

Ist ein Mensch und heißt Schnapphahnski.
Auf der großen Retirade
Kam er ihr vorbeigelaufen
Eines Morgens im Gebirge.

Heldenunglück rührt die Weiber,
Und im Antlitz unsres Helden
Lag, wie immer, der Finanznot
Blasse Wehmut, düstre Sorge.

Seine ganze Kriegeskasse,
Zweiundzwanzig Silbergroschen,
Die er mitgebracht nach Spanien,
Ward die Beute Esparteros.

Nicht einmal die Uhr gerettet!
Blieb zurück zu Pampeluna
In dem Leihhaus. War ein Erbstück,
Kostbar und von echtem Silber.

Und er lief mit langen Beinen.
Aber, unbewußt, im Laufen,
Hat er Besseres gewonnen
Als die beste Schlacht – ein Herz!

Ja, sie liebt ihn, ihn, den Erbfeind!
O, der unglückselgen Bärin!
Wüßt der Vater das Geheimnis,
Ganz entsetzlich würd er brummen.

Gleich dem alten Odoardo,
Der mit Bürgerstolz erdolchte
Die Emilia Galotti,
Würde auch der Atta Troll

Seine Tochter lieber töten,
Töten mit den eignen Tatzen,
Als erlauben, daß sie sänke
In die Arme eines Prinzen!

Doch in diesem Augenblicke
Ist er weich gestimmt, hat keine
Lust zu brechen eine Rose,
Eh der Sturmwind sie entblättert.

Weich gestimmt, liegt Atta Troll
In der Höhle bei den Seinen.
Ihn beschleicht, wie Todesahnung,
Trübe Sehnsucht nach dem Jenseits!

»Kinder!« – seufzt er, und es triefen
Plötzlich seine großen Augen –
»Kinder! meine Erdenwallfahrt
Ist vollbracht, wir müssen scheiden.

»Heute Mittag kam im Schlafe
Mir ein Traum, der sehr bedeutsam.
Mein Gemüt genoß das süße
Vorgefühl des baldgen Sterbens.

»Bin fürwahr nicht abergläubisch,
Bin kein Faselbär – doch gibt es
Dinge zwischen Erd und Himmel,
Die dem Denker unerklärlich.

»Über Welt und Schicksal grübelnd,
War ich gähnend eingeschlafen,
Als mir träumte, daß ich läge
Unter einem großen Baume.

»Aus den Ästen dieses Baumes
Troff herunter weißer Honig,
Glitt mir just ins offne Maul,
Und ich fühlte süße Wonne.

»Selig blinzelnd in die Höhe,
Sah ich in des Baumes Wipfel
Etwa sieben kleine Bärchen,
Die dort auf und nieder rutschten.

»Zarte, zierliche Geschöpfe,
Deren Pelz von rosenroter
Farbe war und an den Schultern
Seidig flockte wie zwei Flüglein.

»Ja, wie seidne Flüglein hatten
Diese rosenroten Bärchen,
Und mit überirdisch feinen
Flötenstimmen sangen sie!

»Wie sie sangen, wurde eiskalt
Meine Haut, doch aus der Haut fuhr
Mir die Seel, gleich einer Flamme;
Strahlend stieg sie in den Himmel.«

Also sprach mit bebend weichem
Grunzton Atta Troll. Er schwieg
Eine Weile, wehmutsvoll –
Aber seine Ohren plötzlich

Spitzten sich und zuckten seltsam,
Und empor vom Lager sprang er,
Freudezitternd, freudebrüllend:
»Kinder, hört Ihr diese Laute?

»Ist das nicht die süße Stimme
Eurer Mutter? O, ich kenne
Das Gebrumme meiner Mumma!
Mumma! meine schwarze Mumma!«

Atta Troll mit diesen Worten
Stürzte wie 'n Verrückter fort
Aus der Höhle, ins Verderben!
Ach! er stürzte in sein Unglück!

CAPUT XXIV

In dem Tal von Ronceval,
Auf demselben Platz, wo weiland
Des Caroli Magni Neffe
Seine Seele ausgeröchelt,

Dorten fiel auch Atta Troll,
Fiel durch Hinterhalt, wie jener,
Den der ritterliche Judas,
Ganelon von Mainz, verraten.

Ach! das Edelste im Bären,
Das Gefühl der Gattenliebe,
Ward ein Fallstrick, den Uraka
Listig zu benutzen wußte.

Das Gebrumm der schwarzen Mumma
Hat sie nachgeäfft so täuschend,
Daß der Atta Troll gelockt ward
Aus der sichern Bärenhöhle –

Wie auf Sehnsuchtsflügeln lief er
Durch das Tal, stand zärtlich schnopernd
Manchmal still vor einem Felsen,
Glaubt, die Mumma sei versteckt dort –

Ach! versteckt war dort Laskaro
Mit der Flinte; dieser schoß ihn
Mitten durch das frohe Herz –
Quoll hervor ein roter Blutstrom.

Mit dem Kopfe wackelt' er
Eingemal, doch endlich stürzt' er
Stöhnend nieder, zuckte gräßlich –
»Mumma!« war sein letzter Seufzer.

Also fiel der edle Held!
Also starb er. Doch unsterblich
Nach dem Tode auferstehn
Wird er in dem Lied des Dichters.

Auferstehn wird er im Liede,
Und sein Ruhm wird kolossal
Auf vierfüßigen Trochäen
Über diese Erde stelzen.

Der Bavarenkönig setzt ihm
In Walhalla einst ein Denkmal,
Und darauf, im Wittelsbacher
Lapidarstil, auch die Inschrift:

»Atta Troll, Tendenzbär; sittlich
»Religiös; als Gatte brünstig;
»Durch Verführtsein von dem Zeitgeist,
»Waldursprünglich Sanskülotte;

»Sehr schlecht tanzend, doch Gesinnung
»Tragend in der zottgen Hochbrust;
»Manchmal auch gestunken habend;
»Kein Talent, doch ein Charakter!«

CAPUT XXV

Dreiunddreißig alte Weiber,
Auf dem Haupt die scharlachrote
Altbaskesische Kapuze,
Standen an des Dorfes Eingang.

Eine drunter, wie Debora,
Schlug das Tamburin und tanzte,
Und sie sang dabei ein Loblied
Auf Laskaro Bärentöter.

Vier gewaltge Männer trugen
Im Triumph den toten Bären;
Aufrecht saß er in dem Sessel,
Wie ein kranker Badegast.

Hinterdrein, wie Anverwandte
Des Verstorbnen, ging Laskaro
Mit Uraka; diese grüßte
Rechts und links, doch sehr verlegen.

Der Adjunkt des Maires hielt
Eine Rede vor dem Rathaus,
Als der Zug dorthin gelangte,
Und er sprach von vielen Dingen –

Wie zum Beispiel von dem Aufschwung
Der Marine, von der Presse,
Von der Runkelrübenfrage,
Von der Hyder der Parteisucht.

Die Verdienste Ludwig Philipps
Reichlich auseinandersetzend,
Ging er über zu dem Bären
Und die Großtat des Laskaro.

»Du, Laskaro!« – rief der Redner,
Und er wischte sich den Schweiß ab
Mit der trikoloren Schärpe –
»Du, Laskaro! du, Laskaro!

»Der du Frankreich und Hispanien
Von dem Atta Troll befreit hast,
Du bist beider Länder Held,
Pyrenäen-Lafayette!«

Als Laskaro solchermaßen
Offiziell sich rühmem hörte,
Lachte er vergnügt im Barte
Und errötete vor Freude.

Und in abgebrochnen Lauten,
Die sich seltsam überstürzten,
Hat er seinen Dank gestottert
Für die große, große Ehre!

Mit Verwundrung blickte jeder
Auf das unerhörte Schauspiel,
Und geheimnisvoll und ängstlich
Murmelten die alten Weiber:

Der Laskaro hat gelacht!
Der Laskaro hat errötet!
Der Laskaro hat gesprochen!
Er, der tote Sohn der Hexe! –

Selbgen Tags war ausgebälgt
Atta Troll und ward versteigert
Seine Haut. Für hundert Franken
Hat ein Kürschner sie erstanden.

Wunderschön staffierte dieser
Und verbrämte sie mit Scharlach,
Und verhandelte sie weiter
Für das Doppelte des Preises.

Erst aus dritter Hand bekam sie
Juliette, und in ihrem
Schlafgemache zu Paris
Liegt sie vor dem Bett als Fußdeck.

O, wie oft, mit bloßen Füßen,
Stand ich Nachts auf dieser irdisch
Braunen Hülle meines Helden,
Auf der Haut des Atta Troll!

Und von Wehmut tief ergriffen,
Dacht ich dann an Schillers Worte:
Was im Lied soll ewig leben,
Muß im Leben untergehn.

CAPUT XXVI

Und die Mumma? Ach, die Mumma
Ist ein Weib! Gebrechlichkeit
Ist ihr Name! Ach, die Weiber
Sind wie Porzellan gebrechlich.

Als des Schicksals Hand sie trennte
Von dem glorreich edlen Gatten,
Starb sie nicht des Kummertodes,
Ging sie nicht in Trübsinn unter –

Nein, im Gegenteil, sie setzte
Lustig fort ihr Leben, tanzte
Nach wie vor, beim Publiko
Buhlend um den Tagesbeifall.

Eine feste Stellung, eine
Lebenslängliche Versorgung,
Hat sie endlich zu Paris
Im Jardin des Plantes gefunden.

Als ich dorten vorgen Sonntag
Mich erging mit Julietten,
Und ihr die Natur erklärte,
Die Gewächse und die Bestien,

Die Giraffe und die Zeder
Von dem Libanon, das große
Dromedar, die Goldfasanen,
Auch das Zebra – im Gespräche

Blieben wir am Ende stehen
An der Brüstung jener Grube,
Wo die Bären residieren –
Heilger Herr, was sahn wir dort!

Ein gewaltger Wüstenbär
Aus Sibirien, schneeweißhaarigt,
Spielte dort ein überzartes
Liebesspiel mit einer Bärin.

Diese aber war die Mumma!
War die Gattin Atta Trolls!
Ich erkannte sie am zärtlich
Feuchten Glanze ihres Auges.

Ja, sie war es! Sie, des Südens
Schwarze Tochter! Sie, die Mumma,
Lebt mit einem Russen jetzt,
Einem nordischen Barbaren!

Schmunzelnd sprach zu mir ein Neger,
Der zu uns herangetreten:
»Gibt es wohl ein schönres Schauspiel
Als zwei Liebende zu sehen?«

Ich entgegnete: Mit wem
Hab ich hier die Ehr zu sprechen?
Jener aber rief verwundert:
»Kennen Sie mich gar nicht wieder?

»Ich bin ja der Mohrenfürst,
Der bei Freiligrath getrommelt.
Damals gings mir schlecht, in Deutschland
Fand ich mich sehr isoliert.

»Aber hier, wo ich als Wärter
Angestellt, wo ich die Pflanzen
Meines Tropenvaterlandes
Und auch Löw und Tiger finde:

»Hier ist mir gemütlich wohler,
Als bei Euch auf deutschen Messen,
Wo ich täglich trommeln mußte
Und so schlecht gefüttert wurde!

»Hab mich jüngst vermählt mit einer
Blonden Köchin aus dem Elsaß.
Ganz und gar in ihren Armen,
Wird mir heimatlich zu Mute!

»Ihre Füße mahnen mich
An die holden Elefanten.
Wenn sie spricht französisch, klingt mirs
Wie die schwarze Muttersprache.

»Manchmal keift sie, und ich denke
An das Rasseln jener Trommel,
Die mit Schädeln war behangen;
Schlang und Leu entflohn davor.

»Doch im Mondschein, sehr empfindsam
Weint sie wie ein Krokodil,
Das aus lauem Strom hervorblickt,
Um die Kühle zu genießen.

»Und sie gibt mir gute Bissen!
Ich gedeih! Mit meinem alten,
Afrikanischem Apptit,
Wie am Niger, freß ich wieder!

»Hab mir schon ein rundes Bäuchlein
Angemästet. Aus dem Hemde
Schauts hervor, wie ’n schwarzer Mond,
Der aus weißen Wolken tritt.«

CAPUT XXVII

(An August Varnhagen von Ense)

Wo des Himmels, Meister Ludwig,
Habt Ihr all das tolle Zeug
Aufgegabelt? Diese Worte
Rief der Kardinal von Este,

Als er das Gedicht gelesen,
Von des Rolands Rasereien,
Das Ariosto untertänig
Seiner Eminenz gewidmet.

Ja, Varnhagen, alter Freund,
Ja, ich seh um deine Lippen
Fast dieselben Worte schweben,
Mit demselben feinen Lächeln.

Manchmal lachst du gar im Lesen!
Doch mitunter mag sich ernsthaft
Deine hohe Stirne furchen
Und Erinnrung überschleicht dich: –

»Klang das nicht wie Jugendträume,
Die ich träumte mit Chamisso
Und Brentano und Fouqué,
In den blauen Mondscheinnächten?

»Ist das nicht das fromme Läuten
Der verlornen Waldkapelle?
Klingelt schalkhaft nicht dazwischen
Die bekannte Schellenkappe?

»In die Nachtigallenchöre
Bricht herein der Bärenbrummbaß,
Dumpf und grollend, dieser wechselt
Wieder ab mit Geisterlispeln!

»Wahnsinn, der sich klug gebärdet!
Weisheit, welche überschnappt!
Sterbeseufzer, welche plötzlich
Sich verwandeln in Gelächter! ... «

Ja, mein Freund, es sind die Klänge
Aus der längst verschollnen Traumzeit;
Nur daß oft moderne Triller
Gaukeln durch den alten Grundton.

Trotz des Übermutes wirst du
Hie und dort Verzagnis spüren –
Deiner wohlerprobten Milde
Sei empfohlen dies Gedicht!

Ach, es ist vielleicht das letzte
Freie Waldlied der Romantik!
In des Tages Brand- und Schlachtlärm
Wird es kümmerlich verhallen.

Andre Zeiten, andre Vögel!
Andre Vögel, andre Lieder!
Welch ein Schnattern, wie von Gänsen,
Die das Kapitol gerettet!

Welch ein Zwitschern! Das sind Spatzen,
Pfennigslichtchen in den Krallen;
Sie gebärden sich wie Jovis
Adler mit dem Donnerkeil!

Welch ein Gurren! Turteltauben,
Liebesatt, sie wollen hassen,
Und hinfüro, statt der Venus,
Nur Bellonas Wagen ziehen!

Welch ein Summsen, welterschütternd!
Das sind ja des Völkerfrühlings
Kolossale Maienkäfer,
Von Berserkerwut ergriffen!

Andre Zeiten, andre Vögel!
Andre Vögel, andre Lieder!
Sie gefielen mir vielleicht,
Wenn ich andre Ohren hätte!

PARERGA ZU »ATTA TROLL«

I

Wir verlassen, teurer Leser,
Hier den grimmgen Bärenführer
Und die hartgeprüfte Mumma
Und wir folgen Atta Troll.

Wir erzählen, wie der edle
Refugié sich heimgeflüchtet
Zu den Seinen, wir beschreiben
Ganz genau den Bärenhaushalt.

Später gehn wir auf die Jagd,
Klimmen, klettern, schwitzen, träumen,
In Gesellschaft des Laskaro,
Der den Atta Troll getötet.

Traum der Sommernacht, phantastisch
Zwecklos ist mein Lied! Ja, zwecklos
Wie das Leben, wie die Liebe!
Wittert nicht darin Tendenzen –

Atta Troll ist kein Vertreter
Von dickhäutig deutscher Volkskraft,
Und er greift nicht allegorisch
Mit der Tatze in die Zeit ein –

Nicht einmal ein deutscher Bär
Ist mein Held. Die deutschen Bären –

Werden stets wie Bären tanzen,
Aber nicht die Kette brechen.

II

Traum der Sommernacht, phantastisch
Zwecklos ist mein Lied, ja zwecklos
Wie das Leben, wie die Liebe.
Keinem Zeitbedürfnis dient es.

Sucht darin nicht die Vertretung
Hoher Vaterlandsintressen;
Diese wollen wir befördern,
Aber nur in guter Prosa.

Ja, in guter Prosa wollen
Wir das Joch der Knechtschaft brechen –
Doch in Versen, doch im Liede
Blüht uns längst die höchste Freiheit.

Hier im Reich der Poesie,
Hier bedarf es keiner Kämpfe,
Laßt uns hier den Thyrsus schwingen
Und das Haupt mit Rosen kränzen!

III

Dir, Varnhagen, sei gewidmet
Dies Gedicht. Dem milden Freunde
Möge es als Antwort dienen
Auf den jüngsten seiner Briefe.

Ach! es ist vielleicht das letzte
Freie Waldlied der Romantik –

In des Tages Brand- und Schlachtlärm
Wird es kümmerlich verhallen!

Andre Zeiten, andre Vögel!
Andre Vögel, andre Lieder!
Wie sie schnattern! Jene Gänse,
Die gemästet mit Tendenzen!

Auf der Zinne der Partei
Flattern sie mit lahmen Schwingen.
Platte Füße, heisre Kehlen,
Viel Geschrei und wenig Wolle.

Manche weißgefärbte Raben
Sind darunter. Diese krächzen
Spät und früh: die Gallier kommen!
Sind des Kapitoles Retter.

Andre Vögel, andre Lieder!
Gestern las ich in der Zeitung,
Daß der Tieck vom Schlag gerührt
Und geheimer Hofrat worden.

IV

Einsam sinnend, vor dem Herde,
Saß ich in der Hexenhütte;
Neben mir, den Kessel rührend,
Stand der tugendhafte Mops.

War es Neugier, war es Hunger?
Endlich nahm ich aus den Pfoten
Ihm den Löffel, und im Kessel
Fischt ich mir ein Stückchen Fleisch.

War ein großes Herz, gekocht
Ganz vortrefflich, äußerst schmackhaft,
Doch ich hatt es kaum verzehret,
Als ich hörte eine Stimme:

»O, der deutsche Fresser! Dieser
Frißt das Herz von einem Diebe,
Der gehenkt ward in Tolosa!
Kann man so gefräßig sein!«

Jene Worte rief ein Geier,
Einer von den ausgestopften,
Und die andern, wie im Chore,
Schnarrten: O, der deutsche Fresser!

Wer ein Diebesherz gegessen,
Der versteht, was das Gevögel
Pfeift und zwitschert, also heißt es;
Hab erprobt der Sage Wahrheit.

Denn seit jener Stunde bin ich
Aller Vogelsprachen kundig;
Ich versteh sogar die toten
Ausgestopften Dialekte.

Draußen klopfte es ans Fenster,
Und ich eilte es zu öffnen.
Sieben große Raben warens,
Die hereingeflogen kamen.

Nahten sich dem Feuer, wärmten
Sich die Krallen, leidenschaftlich
Ihre Fittige bewegend,
Krächzten auch diverse Flüche.

Sie verwünschten ganz besonders
Jenen Juden Mendizabel,
Der die Klöser aufgehoben,
Ihre lieben alten Nester.

Frugen mich: Wo geht der Weg
Nach Monacho Monachorum?
Links, links um die Ecke, sprach ich,
Grüßt mir dort den Pater Joseph.

Doch die schwarzen Emigranten
Weilten an dem Herd nicht lange,
Und sie flatterten von dannen
Wieder durch das offne Fenster.

Federvieh von allen Sorten
Kam jetzt ab und zu geflogen.
Unsre Hütte schien ein Wirtshaus
Für das reisende Gevögel.

Mehre Störche, einge Schwäne,
Auch verschiedne Eulen; diese
Klagten über schlechtes Wetter,
Sonnenschein und Atheismus.

In Gesellschaft zweier Gänse,
Die wie Wärterinnen aussahn
Und im Flug ihn unterstützten,
Kam ein kranker Pelikan.

Wärmte seine wunde Brust,
Und mit leidender Verachtung
Auf die Eulensippschaft blickend,
Zog er wieder fort durchs Fenster.

Auch etwelche Tauben schwirrten
An das Feuer, lachend, kullernd,
Und nachdem sie sich erquickt,
Flogen sie des Weges weiter.

Endlich kam ein Wiedehopf,
Kurzbeflügelt, stelzenbeinig.
Als er mich erblickt, da lacht er:
Kennst nicht mehr den Freund Hut-Hut?

Und ich selber mußte lachen,
Denn es war mein Freund Hut-Hut,
Der vor dritthalb tausend Jahren
Kabinettskurier gewesen

Und von Salomo, dem Weisen,
Mit Depeschen abgeschickt ward
An die holde Balkaisa,
An die Königin von Saba.

Jener glühte für die Schöne,
Die man ihm so schön geschildert,
Diese schwärmte für den Weisen,
Dessen Weisheit weltberühmt war.

Ihren Scharfsinn zu erproben
Schickten sie einander Rätsel,
Und mit solcherlei Depeschen
Lief Hut-Hut durch Sand und Wüste.

Rätselmüde zog die Köngin
Endlich nach Jeruscholayim,
Und sie stürzte mit Erröten
In die Arme Salomonis.

Dieser drückte sie ans Herz,
Und er sprach: Das größte Rätsel,
Süßes Kind, das ist die Liebe –
Doch wir wollen es nicht lösen!

Ja, Hut-Hut, der alte Vogel,
War es, der mir freundlich nahte,
Im verhexten Luftreviere,
In der Hütte der Uraka.

Alter Vogel! Unverändert
Fand ich ihn. Ganz gravitätisch,
Wie 'n Toupet, trug er noch immer
Auf dem Kopf das Federkämmchen.

Kreuzte auch das eine Streckbein
Übers andre, und geschwätzig
War er noch wie sonst; er kürzte
Mir die Zeit mit Hofgeschichten.

Er erzählte mir aufs neue,
Was mir schon Arabiens Dichter
Längst erzählt, wie Salomo
Einst bezwang den Todesengel

Und am Leben blieb – Unsterblich
Lebt er jetzt in Dschinnistan,
Herrschend über die Dämonen,
Als ein unbeschränkter König.

»Auch die Köngin Balkaisa« –
Sprach Hut-Hut – »ist noch am Leben
Kraft des Talismans, den weiland
Ihr der Herzgeliebte schenkte.

»Residierend in den fernsten
Mondgebirgen Äthiopiens,
Blieb sie dennoch in Verbindung
Mit dem König Salomo.

»Beide haben zwar gealtert
Und sich abgekühlt, doch schreiben
Sie sich oft, und ganz wie ehmals
Schicken sie einander Rätsel.

»Kindisch freut sich Balkaisa,
Wenn das Rätsel, das sie aufgab,
Nicht gelöst ward von dem König,
Der vergeblich nachgegrübelt –

»Und sie neckt ihn dann graziöse
Und behauptet, mit den Jahren
Werde er ein bißchen kopfschwach,
Nennt ihn Schlafmütz oder Schelling.

»Seinerseits gab jüngst der König
Eine harte Nuß zu knacken
Seiner Freundin, und er schickte
Ihr durch mich die Rätselfrage:

»Wer ist wohl der größte Lump
Unter allen deutschen Lumpen,
Die in allen sechsunddreißig
Deutschen Bundesstaaten leben?

»Hundert Namen hat seitdem
Schon die Köngin eingesendet,
Immer schrieb zurück der König:
Kind, das ist noch nicht der größte! –

»Sehr verdrießlich ist die Köngin!
Ob sie gleich durch Emissaire
Überall in Deutschland forschte,
Blieb sie doch die Antwort schuldig;

»Denn so oft sie einen Lumpen
Als den größten proklamiert,
Läßt ihr Salomo vermelden:
Kind! es gibt noch einen größern! – «

Als ich dies vernahm, da sprach ich:
Liebster Freund, die Balkaisa
Wird noch lang vergebens raten,
Wer der größte Lump in Deutschland.

Dort, in meiner teuren Heimat,
Ist das Lumpentum in Fortschritt,
Und es machen gar zu viele
Anspruch auf den Lumpen-Lorbeer.

Gestern noch schien dort der * * * *
Mir der größte Lump, doch heute
Dünkt er mir ein Unterlümpchen,
In Vergleichung mit dem * * * *

Und vielleicht im nächsten Zeitblatt
Offenbart sich uns ein neuer
Erzlumpazius, der unsern
Großen * * * * überlumpt.

V

Aus dem Spuk der Hexenwirtschaft
Steigen wir ins Tal hinunter;

Unsre Füße fassen wieder
Boden in dem Positiven.

Fort, Gespenster! Nachtgesichte!
Luftgebilde! Fieberträume!
Wir beschäftgen uns vernünftig
Wieder mit dem Atta Troll.

Wie gewöhnlich hockt der Alte
In der Höhle, bei den Jungen;
Diese liegen rings und schlafen
Mit dem Schnarchen der Gerechten.

Nur der Junker Einohr wacht,
Lauschend auf das Wort des Vaters,
Welcher misanthropisch wieder
Auf die Menschheit raisonniert.

»Ja, mein Sohn, am meisten ärgert
Mich der exklusive Hochmut
Jener aufgeblasnen Wesen,
Wenn sie Weltgeschichte schreiben.

»Niemals ist von unsereinem
Hier die Rede, kaum erwähnen
Sie den Namen eines Pferdes,
Das getragen ihre Könge.

»Läßt sich mal ein Mensch herab
Eines seiner Nebentiere
Im Gedichte zu besingen,
Zeigt sich wieder seine Selbstsucht:

»Denn im Liede wie im Leben
Usurpiert er unsre Rechte,
Seine Subjektivität
Drängt sich vor in jedem Verse,

»Und anstatt von einem Bären,
Den er feiern wollte, spricht er
Nur von sich und seinen kranken
Narretein und Hirngespinsten.

»Dieses nennt er Ironie,
Und er lächelt – Ach, das Lächeln,
Jenes sauersüße Zucken
Um das Maul, ist unerträglich!

»Wenn ich in dem Menschenantlitz
Das fatale Lächeln schaute,
Drehten sich herum entrüstet
Mir im Bauche die Gedärme!

»Ja, noch weit impertinenter
Als durch Worte offenbart sich
Durch das Lächeln eines Menschen
Seiner Seele tiefste Frechheit.

»Lächelt, schnippische Kanaillen!
Lächelt nur! Von Eurem Spotte,
Wie von Eurem Joch, wird endlich
Uns der große Tag erlösen.

»Dächte jeder Bär, und dächten
Alle Tiere so wie ich,
Mit vereinten Kräften würden
Wir bekämpfen die Tyrannen.

»Es verbände sich der Eber
Mit dem Roß, der Elefant
Schlänge brüderlich den Rüssel
Um das Horn des wackern Ochsen;

»Bär und Wolf, von jeder Farbe,
Bock und Affe, selbst der Hase,
Wirkten einge Zeit gemeinsam,
Und der Sieg könnt uns nicht fehlen.

»Einheit, Einheit ist das erste
Zeitbedürfnis. Einzeln wurden
Wir geknechtet, doch verbunden
Übertölpeln wir die Zwingherrn.

»Einheit! Einheit! Und wir siegen,
Und ein Ende hat das Lächeln
Und das Monopol; wir gründen
Unsre große Republik.

»Grundgesetz sei hier die Gleichheit
Aller Bestien auf der Erde,
Ohne Unterschied des Glaubens
Und des Fells und des Geruches.

»Strenge Gleichheit! Jeder Esel
Sei befugt zum höchsten Staatsamt,
Und der Löwe soll dagegen
Mit dem Sack zur Mühle traben.

»Was den Hund betrifft, so ist er
Freilich ein serviler Köter,
Weil Jahrtausende hindurch
Ihn der Mensch wie ’n Hund behandelt;

»Doch in unserm Freistaat geben
Wir ihm wieder seine alten
Unveräußerlichen Rechte,
Und er wird sich bald veredeln.

»Ja, sogar die Juden sollen
Volles Bürgerrecht genießen
Und gesetzlich gleichgestellt sein
Allen andern Säugetieren.

»Nur das Tanzen auf den Märkten
Sei den Juden nicht gestattet;
Dies Amendement, ich mach es
Im Intresse meiner Kunst.

»Aber horch, mein Sohn, ertönte
Draußen nicht die holde Stimme
Deiner Mutter? Süße Laute!
Mumma! Meine schwarze Mumma!«

Atta Troll, mit diesen Worten,
Sprang vom Boden, und er stürzte
Aus der Höhle, wie 'n Verrückter.
Ach! er stürzte in sein Unglück.

PARALIPOMENA ZU »ATTA TROLL«

I

In dem großen Viehstall Gottes,
Den wir Erde nennen, findet
Jegliches Geschöpf die Krippe
Und darin sein gutes Futter!

II

Sternenfunkelnd liegt die Nacht
Auf den Bergen, wie ein Mantel
Von pechschwarzem Hermelin,
Der gespickt mit goldnen Schwänzchen.

Es versteht sich, daß der Kürschner
Toll war, der den Hermelin
Pechschwarz färbte und mit goldnen
Statt mit schwarzen Schwänzchen spickte –

Häng dich, Freiligrath, daß du
Nicht ergrübelt hast das Gleichnis
Von dem schwarzen Hermelin,
Der gespickt mit goldnen Schwänzchen.

Deutschland

Ein Wintermärchen
Geschrieben im Januar 1844

VORWORT

Das nachstehende Gedicht schrieb ich im diesjährigen Monat Januar zu Paris, und die freie Luft des Ortes wehete in manche Strophe weit schärfer hinein, als mir eigentlich lieb war. Ich unterließ nicht, schon gleich zu mildern und auszuscheiden, was mit dem deutschen Klima unverträglich schien. Nichtsdestoweniger, als ich das Manuskript im Monat März an meinen Verleger nach Hamburg schickte, wurden mir noch mannigfache Bedenklichkeiten in Erwägung gestellt. Ich mußte mich dem fatalen Geschäfte des Umarbeitens nochmals unterziehen, und da mag es wohl geschehen sein, daß die ernsten Töne mehr als nötig abgedämpft oder von den Schellen des Humors gar zu heiter überklingelt wurden. Einigen nackten Gedanken habe ich im hastigen Unmut ihre Feigenblätter wieder abgerissen, und zimperlich spröde Ohren habe ich vielleicht verletzt. Es ist mir leid, aber ich tröste mich mit dem Bewußtsein, daß größere Autoren sich ähnliche Vergehen zu Schulden kommen ließen. Des Aristophanes will ich zu solcher Beschönigung gar nicht erwähnen, denn der war ein blinder Heide, und sein Publikum zu Athen hatte zwar eine klassische Erziehung genossen, wußte aber wenig von Sittlichkeit. Auf Cervantes und Molière könnte ich mich schon viel besser berufen; und ersterer schrieb für den hohen Adel beider Kastilien, letzterer für den großen König und den großen Hof von Versailles! Ach, ich vergesse, daß wir in einer sehr bürgerlichen Zeit leben, und ich sehe leider voraus, daß viele Töchter gebildeter Stände an der Spree, wo nicht gar an der Alster, über mein armes Gedicht die mehr oder minder gebogenen Näschen rümpfen werden! Was ich aber mit noch größerem Leidwesen voraussehe, das ist das Zeter jener Pharisäer der Nationalität, die jetzt mit den Antipathien der Regierungen Hand in Hand gehen, auch die volle Liebe und Hochachtung der Zensur genießen und in der Tagespresse den Ton angeben können, wo es gilt, jene Gegner zu befehden, die auch zugleich die Gegner ihrer allerhöchsten Herrschaften sind. Wir sind im Herzen gewappnet gegen das Mißfallen dieser heldenmütigen Lakaien in schwarz-rot-goldner Livree. Ich höre schon ihre Bierstimmen: du lästerst sogar unsere Farben, Verächter des Vaterlands, Freund der Franzosen, denen du den freien Rhein abtreten willst! Beruhigt Euch. Ich werde Eure Farben achten und ehren, wenn sie es verdienen, wenn sie nicht mehr eine müßige oder knechtische Spielerei sind. Pflanzt die schwarz-rot-goldne Fahne auf die Höhe des deutschen Gedankens, macht sie zur Standarte des freien Menschtums, und ich will mein bestes Herzblut für sie hingeben. Beruhigt Euch, ich liebe das Vaterland eben so sehr, wie Ihr. Wegen dieser Liebe habe ich dreizehn Lebensjahre im Exile verlebt, und wegen eben dieser Liebe kehre ich wieder zurück ins Exil, vielleicht für immer, jedenfalls ohne zu flennen, oder eine schiefmäulige Duldergrimasse zu schneiden. Ich bin der Freund der Franzosen, wie ich der Freund aller Menschen bin, wenn sie vernünftig und gut sind, und weil ich selber nicht so dumm oder so schlecht bin, als daß ich wünschen sollte, daß meine Deutschen und die Franzosen, die beiden auserwählten Völker der Humanität, sich die Hälse brächen zum Besten von England und Rußland und zur Schadenfreude aller Junker und Pfaffen dieses Erdballs. Seid ruhig, ich werde den Rhein nimmermehr den Franzosen abtreten, schon aus dem ganz einfachen Grunde: weil mir der Rhein gehört. Ja, mir gehört er, durch unveräußerliches Geburtsrecht, ich bin des freien Rheins noch weit freierer Sohn, an seinem Ufer stand meine Wiege, und ich sehe gar nicht ein, warum der Rhein irgend einem Andern gehören soll als den Landeskindern. Elsaß und Lothringen kann ich freilich dem deutschen Reiche nicht so leicht einver-

leiben, wie Ihr es tut, denn die Leute in jenen Landen hängen fest an Frankreich wegen der Rechte, die sie durch die französische Staatsumwälzung gewonnen, wegen jener Gleichheitsgesetze und freien Institutionen, die dem bürgerlichen Gemüte sehr angenehm sind, aber dem Magen der großen Menge dennoch Vieles zu wünschen übrig lassen. Indessen, die Elsasser und Lothringer werden sich wieder an Deutschland anschließen, wenn wir das vollenden, was die Franzosen begonnen haben, wenn wir diese überflügeln in der Tat, wie wir es schon getan im Gedanken, wenn wir uns bis zu den letzten Folgerungen desselben emporschwingen, wenn wir die Dienstbarkeit bis in ihrem letzten Schlupfwinkel, dem Himmel, zerstören, wenn wir den Gott, der auf Erden im Menschen wohnt, aus seiner Erniedrigung retten, wenn wir die Erlöser Gottes werden, wenn wir das arme, glückenterbte Volk und den verhöhnten Genius und die geschändete Schönheit wieder in ihre Würde einsetzen, wie unsere großen Meister gesagt und gesungen, und wie wir es wollen, wir, die Jünger – ja, nicht bloß Elsaß und Lothringen, sondern ganz Frankreich wird uns alsdann zufallen, ganz Europa, die ganze Welt – die ganze Welt wird deutsch werden! Von dieser Sendung und Universalherrschaft Deutschlands träume ich oft, wenn ich unter Eichen wandle. Das ist *mein* Patriotismus.
Ich werde in einem nächsten Buche auf dieses Thema zurückkommen, mit letzter Entschlossenheit, mit strenger Rücksichtslosigkeit, jedenfalls mit Loyalität. Den entschiedensten Widerspruch werde ich zu achten wissen, wenn er aus einer Überzeugung hervorgeht. Selbst der rohesten Feindseligkeit will ich alsdann geduldig verzeihen; ich will sogar der Dummheit Rede stehen, wenn sie nur ehrlich gemeint ist. Meine ganze schweigende Verachtung widme ich hingegen dem gesinnungslosen Wichte, der aus leidiger Scheelsucht oder unsauberer Privatgiftigkeit meinen guten Leumund in der öffentlichen Meinung herabzuwürdigen sucht, und dabei

die Maske des Patriotismus, wo nicht gar die der Religion und der Moral, benutzt. Der anarchische Zustand der deutschen politischen und literarischen Zeitungsblätterwelt ward in solcher Beziehung zuweilen mit einem Talente ausgebeutet, das ich schier bewundern mußte. Wahrhaftig, Schufterle ist nicht tot, er lebt noch immer und steht seit Jahren an der Spitze einer wohlorganisierten Bande von literarischen Strauchdieben, die in den böhmischen Wäldern unserer Tagespresse ihr Wesen treiben, hinter jedem Busch, hinter jedem Blatt versteckt liegen und dem leisesten Pfiff ihres würdigen Hauptmanns gehorchen.

Noch ein Wort. Das Wintermärchen bildet den Schluß der »Neuen Gedichte«, die in diesem Augenblick bei Hoffmann und Campe erscheinen. Um den Einzeldruck veranstalten zu können, mußte mein Verleger das Gedicht den überwachenden Behörden zu besonderer Sorgfalt überliefern, und neue Varianten und Ausmerzungen sind das Ergebnis dieser höheren Kritik. –

Hamburg, den 17. September 1844.

Heinrich Heine.

CAPUT I

Im traurigen Monat November wars,
Die Tage wurden trüber,
Der Wind riß von den Bäumen das Laub,
Da reist ich nach Deutschland hinüber.

Und als ich an die Grenze kam,
Da fühlt ich ein stärkeres Klopfen
In meiner Brust, ich glaube sogar
Die Augen begunnen zu tropfen.

Und als ich die deutsche Sprache vernahm,
Da ward mir seltsam zu Mute;
Ich meinte nicht anders, als ob das Herz
Recht angenehm verblute.

Ein kleines Harfenmädchen sang.
Sie sang mit wahrem Gefühle
Und falscher Stimme, doch ward ich sehr
Gerühret von ihrem Spiele.

Sie sang von Liebe und Liebesgram,
Aufopfrung und Wiederfinden
Dort oben, in jener besseren Welt,
Wo alle Leiden schwinden.

Sie sang vom irdischen Jammertal,
Von Freuden, die bald zerronnen,
Vom Jenseits, wo die Seele schwelgt
Verklärt in ewgen Wonnen.

Sie sang das alte Entsagungslied,
Das Eiapopeia vom Himmel,
Womit man einlullt, wenn es greint,
Das Volk, den großen Lümmel.

Ich kenne die Weise, ich kenne den Text,
Ich kenn auch die Herren Verfasser;
Ich weiß, sie tranken heimlich Wein
Und predigten öffentlich Wasser.

Ein neues Lied, ein besseres Lied,
O Freunde, will ich Euch dichten!
Wir wollen hier auf Erden schon
Das Himmelreich errichten.

Wir wollen auf Erden glücklich sein,
Und wollen nicht mehr darben;
Verschlemmen soll nicht der faule Bauch
Was fleißige Hände erwarben.

Es wächst hienieden Brot genug
Für alle Menschenkinder,
Auch Rosen und Myrten, Schönheit und Lust,
Und Zuckererbsen nicht minder.

Ja, Zuckererbsen für jedermann,
Sobald die Schoten platzen!
Den Himmel überlassen wir
Den Engeln und den Spatzen.

Und wachsen uns Flügel nach dem Tod,
So wollen wir Euch besuchen
Dort oben, und wir, wir essen mit Euch
Die seligsten Torten und Kuchen.

Ein neues Lied, ein besseres Lied,
Es klingt wie Flöten und Geigen!
Das Miserere ist vorbei,
Die Sterbeglocken schweigen.

Die Jungfer Europa ist verlobt
Mit dem schönen Geniusse
Der Freiheit, sie liegen einander im Arm,
Sie schwelgen im ersten Kusse.

Und fehlt der Pfaffensegen dabei,
Die Ehe wird gültig nicht minder –
Es lebe Bräutigam und Braut,
Und ihre zukünftigen Kinder!

Ein Hochzeitkarmen ist mein Lied,
Das bessere, das neue!
In meiner Seele gehen auf
Die Sterne der höchsten Weihe –

Begeisterte Sterne, sie lodern wild,
Zerfließen in Flammenbächen –
Ich fühle mich wunderbar erstarkt,
Ich könnte Eichen zerbrechen!

Seit ich auf deutsche Erde trat,
Durchströmen mich Zaubersäfte –
Der Riese hat wieder die Mutter berührt,
Und es wuchsen ihm neu die Kräfte.

CAPUT II

Während die Kleine von Himmelslust
Getrillert und musizieret,
Ward von den preußischen Douaniers
Mein Koffer visitieret.

Beschnüffelten Alles, kramten herum
In Hemden, Hosen, Schnupftüchern;
Sie suchten nach Spitzen, nach Bijouterien,
Auch nach verbotenen Büchern.

Ihr Toren, die Ihr im Koffer sucht!
Hier werdet Ihr nichts entdecken!
Die Contrebande, die mit mir reist,
Die hab ich im Kopfe stecken.

Hier hab ich Spitzen, die feiner sind
Als die von Brüssel und Mecheln,
Und pack ich einst meine Spitzen aus,
Sie werden euch sticheln und hecheln.

Im Kopfe trage ich Bijouterien,
Der Zukunft Krondiamanten,
Die Tempelkleinodien des neuen Gotts,
Des großen Unbekannten.

Und viele Bücher trag ich im Kopf!
Ich darf es Euch versichern,
Mein Kopf ist ein zwitscherndes Vogelnest
Von konfiszierlichen Büchern.

Glaubt mir, in Satans Bibliothek
Kann es nicht schlimmere geben;
Sie sind gefährlicher noch als die
Von Hoffmann von Fallersleben! –

Ein Passagier, der neben mir stand,
Bemerkte mir, ich hätte
Jetzt vor mir den preußischen Zollverein,
Die große Douanenkette.

»Der Zollverein« – bemerkte er –
»Wird unser Volkstum begründen,
Er wird das zersplitterte Vaterland
Zu einem Ganzen verbinden.

»Er gibt die äußere Einheit uns,
Die sogenannt materielle;
Die geistige Einheit gibt uns die Zensur,
Die wahrhaft ideelle –

»Sie gibt die innere Einheit uns,
Die Einheit im Denken und Sinnen;
Ein einiges Deutschland tut uns not,
Einig nach Außen und Innen.«

CAPUT III

Zu Aachen, im alten Dome, liegt
Carolus Magnus begraben.
(Man muß ihn nicht verwechseln mit Karl
Mayer, der lebt in Schwaben.)

Ich möchte nicht tot und begraben sein
Als Kaiser zu Aachen im Dome;
Weit lieber lebt ich als kleinster Poet
Zu Stukkert am Neckarstrome.

Zu Aachen langweilen sich auf der Straß
Die Hunde, sie flehn untertänig:
Gib uns einen Fußtritt, o Fremdling, das wird
Vielleicht uns zerstreuen ein wenig.

Ich bin in diesem langweilgen Nest
Ein Stündchen herumgeschlendert.
Sah wieder preußisches Militär,
Hat sich nicht sehr verändert.

Es sind die grauen Mäntel noch
Mit dem hohen, roten Kragen –
(Das Rot bedeutet Franzosenblut,
Sang Körner in früheren Tagen.)

Noch immer das hölzern pedantische Volk,
Noch immer ein rechter Winkel
In jeder Bewegung, und im Gesicht
Der eingefrorene Dünkel.

Sie stelzen noch immer so steif herum,
So kerzengerade geschniegelt,
Als hätten sie verschluckt den Stock,
Womit man sie einst geprügelt.

Ja, ganz verschwand die Fuchtel nie,
Sie tragen sie jetzt im Innern;
Das trauliche Du wird immer noch
An das alte Er erinnern.

Der lange Schnurrbart ist eigentlich nur
Des Zopftums neuere Phase:
Der Zopf, der ehmals hinten hing,
Der hängt jetzt unter der Nase.

Nicht übel gefiel mir das neue Kostüm
Der Reuter, das muß ich loben,
Besonders die Pickelhaube, den Helm,
Mit der stählernen Spitze nach oben.

Das ist so rittertümlich und mahnt
An der Vorzeit holde Romantik,
An die Burgfrau Johanna von Montfaucon,
An den Freiherrn Fouqué, Uhland, Tieck.

Das mahnt an das Mittelalter so schön,
An Edelknechte und Knappen,
Die in dem Herzen getragen die Treu
Und auf dem Hintern ein Wappen.

Das mahnt an Kreuzzug und Turnei,
An Minne und frommes Dienen,
An die ungedruckte Glaubenszeit,
Wo noch keine Zeitung erschienen.

Ja, ja, der Helm gefällt mir, er zeugt
Vom allerhöchsten Witze!
Ein königlicher Einfall wars!
Es fehlt nicht die Pointe, die Spitze!

Nur fürcht ich, wenn ein Gewitter entsteht,
Zieht leicht so eine Spitze
Herab auf Euer romantisches Haupt
Des Himmels modernste Blitze! – –

Zu Aachen, auf dem Posthausschild,
Sah ich den Vogel wieder,
Der mir so tief verhaßt! Voll Gift
Schaute er auf mich nieder.

Du häßlicher Vogel, wirst du einst
Mir in die Hände fallen,
So rupfe ich dir die Federn aus
Und hacke dir ab die Krallen.

Du sollst mir dann, in luftger Höh,
Auf einer Stange sitzen,
Und ich rufe zum lustigen Schießen herbei
Die Rheinischen Vogelschützen.

Wer mir den Vogel herunterschießt,
Mit Zepter und Krone belehn ich
Den wackern Mann! Wir blasen Tusch
Und rufen: es lebe der König!

CAPUT IV

Zu Cöllen kam ich spät Abends an,
Da hörte ich rauschen den Rheinfluß,
Da fächelte mich schon deutsche Luft,
Da fühlt ich ihren Einfluß –

Auf meinen Appetit. Ich aß
Dort Eierkuchen mit Schinken,
Und da er sehr gesalzen war,
Mußt ich auch Rheinwein trinken.

Der Rheinwein glänzt noch immer wie Gold
Im grünen Römerglase,
Und trinkst du etwelche Schoppen zu viel,
So steigt er dir in die Nase.

In die Nase steigt ein Prickeln so süß,
Man kann sich vor Wonne nicht lassen!
Es trieb mich hinaus in die dämmernde Nacht,
In die widerhallenden Gassen.

Die steinernen Häuser schauten mich an,
Als wollten sie mir berichten
Legenden aus altverschollener Zeit,
Der heilgen Stadt Cöllen Geschichten.

Ja, hier hat einst die Klerisei
Ihre frommes Wesen getrieben,
Hier haben die Dunkelmänner geherrscht,
Die Ulrich von Hutten beschrieben.

Der Cancan des Mittelalters ward hier
Getanzt von Nonnen und Mönchen;
Hier schrieb Hochstraaten, der Menzel von Cöln,
Die giftgen Denunziaziönchen.

Die Flamme des Scheiterhaufens hat hier
Bücher und Menschen verschlungen;
Die Glocken wurden geläutet dabei
Und Kyrie Eleison gesungen.

Dummheit und Bosheit buhlten hier
Gleich Hunden auf freier Gasse;
Die Enkelbrut erkennt man noch heut
An ihrem Glaubenshasse. –

Doch siehe! dort im Mondenschein
Den kolossalen Gesellen!
Er ragt verteufelt schwarz empor,
Das ist der Dom von Cöllen.

Er sollte des Geistes Bastille sein,
Und die listigen Römlinge dachten:
In diesem Riesenkerker wird
Die deutsche Vernunft verschmachten!

Da kam der Luther, und er hat
Sein großes »Halt!« gesprochen –
Seit jenem Tage blieb der Bau
Des Domes unterbrochen.

Er ward nicht vollendet – und das ist gut.
Denn eben die Nichtvollendung
Macht ihn zum Denkmal von Deutschlands Kraft
Und protestantischer Sendung.

Ihr armen Schelme vom Domverein,
Ihr wollt mit schwachen Händen
Fortsetzen das unterbrochene Werk
Und die alte Zwingburg vollenden!

O törichter Wahn! Vergebens wird
Geschüttelt der Klingelbeutel,
Gebettelt bei Ketzern und Juden sogar;
Ist alles fruchtlos und eitel.

Vergebens wird der große Franz Liszt
Zum Besten des Doms musizieren,
Und ein talentvoller König wird
Vergebens deklamieren!

Er wird nicht vollendet, der Cölner Dom,
Obgleich die Narren in Schwaben
Zu seinem Fortbau ein ganzes Schiff
Voll Steine gesendet haben.

Er wird nicht vollendet, trotz allem Geschrei
Der Raben und der Eulen,
Die, altertümlich gesinnt, so gern
In hohen Kirchtürmen weilen.

Ja, kommen wird die Zeit sogar,
Wo man, statt ihn zu vollenden,
Die inneren Räume zu einem Stall
Für Pferde wird verwenden.

»Und wird der Dom ein Pferdestall,
Was sollen wir dann beginnen
Mit den heilgen drei Köngen, die da ruhn
Im Tabernakel da drinnen?«

So höre ich fragen. Doch brauchen wir uns
In unserer Zeit zu genieren?
Die heilgen drei Könge aus Morgenland,
Sie können wo anders logieren.

Folgt meinem Rat und steckt sie hinein
In jene drei Körbe von Eisen,
Die hoch zu Münster hängen am Turm,
Der Sankt Lamberti geheißen.

Der Schneiderkönig saß darin
Mit seinen beiden Räten,
Wir aber benutzen die Körbe jetzt
Für andre Majestäten.

Zur Rechten soll Herr Balthasar,
Zur Linken Herr Melchior schweben,
In der Mitte Herr Gaspar – Gott weiß, wie einst
Die Drei gehaust im Leben!

Die heilge Allianz des Morgenlands,
Die jetzt kanonisieret,
Sie hat vielleicht nicht immer schön
Und fromm sich aufgeführet.

Der Balthasar und der Melchior,
Das waren vielleicht zwei Gäuche,
Die in der Not eine Konstitution
Versprochen ihrem Reiche,

Und später nicht Wort gehalten – Es hat
Herr Gaspar, der König der Mohren,
Vielleicht mit schwarzem Undank sogar
Belohnt sein Volk, die Toren!

CAPUT V

Und als ich an die Rheinbrück kam,
Wohl an die Hafenschanze,
Da sah ich fließen den Vater Rhein
Im stillen Mondenglanze.

Sei mir gegrüßt, mein Vater Rhein,
Wie ist es dir ergangen?
Ich habe oft an dich gedacht
Mit Sehnsucht und Verlangen.

So sprach ich, da hört ich im Wasser tief
Gar seltsam grämliche Töne,
Wie Hüsteln eines alten Manns,
Ein Brümmeln und weiches Gestöhne:

»Willkommen, mein Junge, das ist mir lieb,
Daß du mich nicht vergessen;
Seit dreizehn Jahren sah ich dich nicht,
Mir ging es schlecht unterdessen.

»Zu Biberich hab ich Steine verschluckt,
Wahrhaftig, sie schmeckten nicht lecker!
Doch schwerer liegen im Magen mir
Die Verse von Niklas Becker.

»Er hat mich besungen, als ob ich noch
Die reinste Jungfer wäre,
Die sich von niemand rauben läßt
Das Kränzlein ihrer Ehre.

»Wenn ich es höre, das dumme Lied,
Dann möcht ich mir zerraufen
Den weißen Bart, ich möchte fürwahr
Mich in mir selbst ersaufen!

»Daß ich keine reine Jungfer bin,
Die Franzosen wissen es besser,
Sie haben mit meinem Wasser so oft
Vermischt ihr Siegergewässer.

»Das dumme Lied und der dumme Kerl!
Er hat mich schmählich blamieret,
Gewissermaßen hat er mich auch
Politisch kompromittieret.

»Denn kehren jetzt die Franzosen zurück,
So muß ich vor ihnen erröten,
Ich, der um ihre Rückkehr so oft
Mit Tränen zum Himmel gebeten.

»Ich habe sie immer so lieb gehabt,
Die lieben kleinen Französchen –
Singen und springen sie noch wie sonst?
Tragen noch weiße Höschen?

»Ich möchte sie gerne wiedersehn,
Doch fürcht ich die Persiflage,
Von wegen des verwünschten Lieds,
Von wegen der Blamage.

»Der Alfred de Musset, der Gassenbub,
Der kommt an ihrer Spitze
Vielleicht als Tambour, und trommelt mir vor
All seine schlechten Witze.«

So klagte der arme Vater Rhein,
Konnt sich nicht zufrieden geben.
Ich sprach zu ihm manch tröstendes Wort,
Um ihm das Herz zu heben:

O fürchte nicht, mein Vater Rhein,
Den spöttelnden Scherz der Franzosen;
Sie sind die alten Franzosen nicht mehr,
Auch tragen sie andere Hosen.

Die Hosen sind rot und nicht mehr weiß,
Sie haben auch andere Knöpfe,
Sie singen nicht mehr, sie springen nicht mehr,
Sie senken nachdenklich die Köpfe.

Sie philosophieren und sprechen jetzt
Von Kant, von Fischte und Hegel,
Sie rauchen Tabak, sie trinken Bier,
Und manche schieben auch Kegel.

Sie werden Philister ganz wie wir
Und treiben es endlich noch ärger;
Sie sind keine Voltairianer mehr,
Sie werden Hengstenberger.

Der Alfred de Musset, das ist wahr,
Ist noch ein Gassenjunge;
Doch fürchte nichts, wir fesseln ihm
Die schändliche Spötterzunge.

Und trommelt er dir einen schlechten Witz,
So pfeifen wir ihm einen schlimmern,
Wir pfeifen ihm vor, was ihm passiert
Bei schönen Frauenzimmern.

Gib dich zufrieden, Vater Rhein,
Denk nicht an schlechte Lieder,
Ein besseres Lied vernimmst du bald –
Leb wohl, wir sehen uns wieder.

CAPUT VI

Den Paganini begleitete stets
Ein Spiritus Familiaris,
Manchmal als Hund, manchmal in Gestalt
Des seligen Georg Harris.

Napoleon sah einen roten Mann
Vor jedem wichtgen Ereignis.
Sokrates hatte seinen Dämon,
Das war kein Hirnerzeugnis.

Ich selbst, wenn ich am Schreibtisch saß
Des Nachts, hab ich gesehen
Zuweilen einen vermummten Gast
Unheimlich hinter mir stehen.

Unter dem Mantel hielt er etwas
Verborgen, das seltsam blinkte,
Wenn es zum Vorschein kam, und ein Beil,
Ein Richtbeil, zu sein mir dünkte.

Er schien von untersetzter Statur,
Die Augen wie zwei Sterne;
Er störte mich im Schreiben nie,
Blieb ruhig stehn in der Ferne.

Seit Jahren hatte ich nicht gesehn
Den sonderbaren Gesellen,
Da fand ich ihn plötzlich wieder hier
In der stillen Mondnacht zu Cöllen.

Ich schlenderte sinnend die Straßen entlang,
Da sah ich ihn hinter mir gehen,
Als ob er mein Schatten wäre, und stand
Ich still, so blieb er stehen.

Blieb stehen, als wartete er auf was,
Und förderte ich die Schritte,
Dann folgte er wieder. So kamen wir
Bis auf des Domplatz Mitte.

Es ward mir unleidlich, ich drehte mich um
Und sprach: Jetzt steh mir Rede,
Was folgst du mir auf Weg und Steg,
Hier in der nächtlichen Öde?

Ich treffe dich immer in der Stund,
Wo Weltgefühle sprießen
In meiner Brust und durch das Hirn
Die Geistesblitze schießen.

Du siehst mich an so stier und fest –
Steh Rede: was verhüllst du
Hier unter dem Mantel, das heimlich blinkt?
Wer bist du und was willst du?

Doch jener erwiderte trockenen Tons,
Sogar ein bißchen phlegmatisch:
»Ich bitte dich, exorziere mich nicht,
Und werde nur nicht emphatisch!

»Ich bin kein Gespenst der Vergangenheit,
Kein grabentstiegener Strohwisch,
Und von Rhetorik bin ich kein Freund,
Bin auch nicht sehr philosophisch.

»Ich bin von praktischer Natur,
Und immer schweigsam und ruhig.
Doch wisse: was du ersonnen im Geist,
Das führ ich aus, das tu ich.

»Und gehn auch Jahre drüber hin,
Ich raste nicht, bis ich verwandle
In Wirklichkeit was du gedacht;
Du denkst, und ich, ich handle.

»Du bist der Richter, der Büttel bin ich,
Und mit dem Gehorsam des Knechtes
Vollstreck ich das Urteil, das du gefällt,
Und sei es ein ungerechtes.

»Dem Konsul trug man ein Beil voran,
Zu Rom, in alten Tagen.
Auch du hast deinen Liktor, doch wird
Das Beil dir nachgetragen.

»Ich bin dein Liktor, und ich geh
Beständig mit dem blanken
Richtbeile hinter dir – ich bin
Die Tat von deinem Gedanken.«

CAPUT VII

Ich ging nach Haus und schlief, als ob
Die Engel gewiegt mich hätten.
Man ruht in deutschen Betten so weich,
Denn das sind Federbetten.

Wie sehnt ich mich oft nach der Süßigkeit
Des vaterländischen Pfühles,
Wenn ich auf harten Matratzen lag,
In der schlaflosen Nacht des Exiles!

Man schläft sehr gut und träumt auch gut
In unseren Federbetten.
Hier fühlt die deutsche Seele sich frei
Von allen Erdenketten.

Sie fühlt sich frei und schwingt sich empor
Zu den höchsten Himmelsräumen.
O deutsche Seele, wie stolz ist dein Flug
In deinen nächtlichen Träumen!

Die Götter erbleichen, wenn du nahst!
Du hast auf deinen Wegen
Gar manches Sternlein ausgeputzt
Mit deinen Flügelschlägen!

Franzosen und Russen gehört das Land,
Das Meer gehört den Briten,
Wir aber besitzen im Luftreich des Traums
Die Herrschaft unbestritten.

Hier üben wir die Hegemonie,
Hier sind wir unzerstückelt;
Die andern Völker haben sich
Auf platter Erde entwickelt. – –

Und als ich einschlief, da träumte mir,
Ich schlenderte wieder im hellen
Mondschein die hallenden Straßen entlang,
In dem altertümlichen Cöllen.

Und hinter mir ging wieder einher
Mein schwarzer, vermummter Begleiter.
Ich war so müde, mir brachen die Knie,
Doch immer gingen wir weiter.

Wir gingen weiter. Mein Herz in der Brust
War klaffend aufgeschnitten,
Und aus der Herzenswunde hervor
Die roten Tropfen glitten.

Ich tauchte manchmal die Finger hinein,
Und manchmal ist es geschehen,
Daß ich die Haustürpfosten bestrich
Mit dem Blut im Vorübergehen.

Und jedesmal, wenn ich ein Haus
Bezeichnet in solcher Weise,
Ein Sterbeglöckchen erscholl fernher,
Wehmütig wimmernd und leise.

Am Himmel aber erblich der Mond,
Er wurde immer trüber;
Gleich schwarzen Rossen jagten an ihm
Die wilden Wolken vorüber.

Und immer ging hinter mir einher
Mit seinem verborgenen Beile
Die dunkle Gestalt – so wanderten wir
Wohl eine gute Weile.

Wir gehen und gehen, bis wir zuletzt
Wieder zum Domplatz gelangen;
Weit offen standen die Pforten dort,
Wir sind hineingegangen.

Es herrschte im ungeheuren Raum
Nur Tod und Nacht und Schweigen;
Es brannten Ampeln hie und da,
Um die Dunkelheit recht zu zeigen.

Ich wandelte lange den Pfeilern entlang
Und hörte nur die Tritte
Von meinem Begleiter, er folgte mir
Auch hier bei jedem Schritte.

Wir kamen endlich zu einem Ort,
Wo funkelnde Kerzenhelle
Und blitzendes Gold und Edelstein;
Das war die Drei-Königs-Kapelle.

Die heilgen drei Könige jedoch,
Die sonst so still dort lagen,
O Wunder! sie saßen aufrecht jetzt
Auf ihren Sarkophagen.

Drei Totengerippe, phantastisch geputzt,
Mit Kronen auf den elenden
Vergilbten Schädeln, sie trugen auch
Das Zepter in knöchernen Händen.

Wie Hampelmänner bewegten sie
Die längstverstorbenen Knochen;
Die haben nach Moder und zugleich
Nach Weihrauchduft gerochen.

Der Eine bewegte sogar den Mund
Und hielt eine Rede, sehr lange;
Er setzte mir auseinander, warum
Er meinen Respekt verlange.

Zuerst weil er ein Toter sei,
Und zweitens weil er ein König,
Und drittens weil er ein Heilger sei –
Das alles rührte mich wenig.

Ich gab ihm zur Antwort lachenden Muts:
Vergebens ist deine Bemühung!
Ich sehe, daß du der Vergangenheit
Gehörst in jeder Beziehung.

Fort! fort von hier! im tiefen Grab
Ist Eure natürliche Stelle.
Das Leben nimmt jetzt in Beschlag
Die Schätze dieser Kapelle.

Der Zukunft fröhliche Kavallerie
Soll hier im Dome hausen.
Und weicht Ihr nicht willig, so brauch ich Gewalt
Und laß Euch mit Kolben lausen!

So sprach ich, und ich drehte mich um,
Da sah ich furchtbar blinken
Des stummen Begleiters furchtbares Beil –
Und er verstand mein Winken.

Er nahte sich, und mit dem Beil
Zerschmetterte er die armen
Skelette des Aberglaubens, er schlug
Sie nieder ohn Erbarmen.

Es dröhnte der Hiebe Widerhall
Aus allen Gewölben, entsetzlich, –
Blutströme schossen aus meiner Brust,
Und ich erwachte plötzlich.

CAPUT VIII

Von Cöllen bis Hagen kostet die Post
Fünf Taler sechs Groschen Preußisch.
Die Diligence war leider besetzt
Und ich kam in die offene Beichais.

Ein Spätherbstmorgen, feucht und grau,
Im Schlamme keuchte der Wagen;
Doch trotz des schlechten Wetters und Wegs
Durchströmte mich süßes Behagen.

Das ist ja meine Heimatluft!
Die glühende Wange empfand es!
Und dieser Landstraßenkot, er ist
Der Dreck meines Vaterlandes!

Die Pferde wedelten mit dem Schwanz
So traulich wie alte Bekannte,
Und ihre Mistküchlein dünkten mir schön
Wie die Äpfel der Atalante!

Wir fuhren durch Mühlheim. Die Stadt ist nett,
Die Menschen still und fleißig.
War dort zuletzt im Monat Mai
Des Jahres Einunddreißig.

Damals stand alles im Blütenschmuck
Und die Sonnenlichter lachten,
Die Vögel sangen sehnsuchtsvoll,
Und die Menschen hofften und dachten –

Sie dachten: »Die magere Ritterschaft
Wird bald von hinnen reisen,
Und der Abschiedstrunk wird ihnen kredenzt
Aus langen Flaschen von Eisen!

»Und die Freiheit kommt mit Spiel und Tanz,
Mit der Fahne, der weiß-blau-roten;
Vielleicht holt sie sogar aus dem Grab
Den Bonaparte, den Toten!«

Ach Gott! die Ritter sind immer noch hier,
Und manche dieser Gäuche,
Die spindeldürre gekommen ins Land,
Die haben jetzt dicke Bäuche.

Die blassen Kanaillen, die ausgesehn
Wie Liebe, Glauben und Hoffen,
Sie haben seitdem in unserm Wein
Sich rote Nasen gesoffen – – –

Und die Freiheit hat sich den Fuß verrenkt,
Kann nicht mehr springen und stürmen;
Die Trikolore in Paris
Schaut traurig herab von den Türmen.

Der Kaiser ist auferstanden seitdem,
Doch die englischen Würmer haben
Aus ihm einen stillen Mann gemacht,
Und er ließ sich wieder begraben.

Hab selber sein Leichenbegängis gesehn,
Ich sah den goldenen Wagen
Und die goldenen Siegesgöttinnen drauf,
Die den goldenen Sarg getragen.

Den Elysäischen Feldern entlang,
Durch des Triumphes Bogen,
Wohl durch den Nebel, wohl über den Schnee
Kam langsam der Zug gezogen.

Mißtönend schauerlich war die Musik.
Die Musikanten starrten
Vor Kälte. Wehmütig grüßten mich
Die Adler der Standarten.

Die Menschen schauten so geisterhaft
In alter Erinnrung verloren –
Der imperiale Märchentraum
War wieder herauf beschworen.

Ich weinte an jenem Tag. Mir sind
Die Tränen ins Auge gekommen,
Als ich den verschollenen Liebesruf,
Das Vive l'Empereur! vernommen.

CAPUT IX

Von Cöllen war ich drei Viertel auf Acht
Des Morgens fortgereiset;
Wir kamen nach Hagen schon gegen Drei,
Da wird zu Mittag gespeiset.

Der Tisch war gedeckt. Hier fand ich ganz
Die altgermanische Küche.
Sei mir gegrüßt, mein Sauerkraut,
Holdselig sind deine Gerüche!

Gestovte Kastanien im grünen Kohl!
So aß ich sie einst bei der Mutter!
Ihr heimischen Stockfische, seid mir gegrüßt!
Wie schwimmt ihr klug in der Butter!

Jedwedem fühlenden Herzen bleibt
Das Vaterland ewig teuer –
Ich liebe auch recht braun geschmort
Die Bücklinge und Eier.

Wie jauchzten die Würste im spritzelnden Fett!
Die Krammetsvögel, die frommen
Gebratenen Englein mit Apfelmuß,
Sie zwitscherten mir: Willkommen!

Willkommen, Landsmann, – zwitscherten sie –
Bist lange ausgeblieben,
Hast dich mit fremdem Gevögel so lang
In der Fremde herumgetrieben!

Es stand auf dem Tische eine Gans,
Ein stilles, gemütliches Wesen.
Sie hat vielleicht mich einst geliebt,
Als wir beide noch jung gewesen.

Sie blickte mich an so bedeutungsvoll,
So innig, so treu, so wehe!
Besaß eine schöne Seele gewiß,
Doch war das Fleisch sehr zähe.

Auch einen Schweinskopf trug man auf
In einer zinnernen Schüssel;
Noch immer schmückt man den Schweinen bei uns
Mit Lorbeerblättern den Rüssel.

CAPUT X

Dicht hinter Hagen ward es Nacht,
Und ich fühlte in den Gedärmen
Ein seltsames Frösteln. Ich konnte mich erst
Zu Unna, im Wirtshaus, erwärmen.

Ein hübsches Mädchen fand ich dort,
Die schenkte mir freundlich den Punsch ein;
Wie gelbe Seide das Lockenhaar,
Die Augen sanft wie Mondschein.

Den lispelnd westfälischen Akzent
Vernahm ich mit Wollust wieder.
Viel süße Erinnerung dampfte der Punsch,
Ich dachte der lieben Brüder,

Der lieben Westfalen, womit ich so oft
In Göttingen getrunken,
Bis wir gerührt einander ans Herz
Und unter die Tische gesunken!

Ich habe sie immer so lieb gehabt,
Die lieben, guten Westfalen,
Ein Volk so fest, so sicher, so treu,
Ganz ohne Gleißen und Prahlen.

Wie standen sie prächtig auf der Mensur
Mit ihren Löwenherzen!
Es fielen so grade, so ehrlich gemeint,
Die Quarten und die Terzen.

Sie fechten gut, sie trinken gut,
Und wenn sie die Hand dir reichen
Zum Freundschaftsbündnis, dann weinen sie;
Sind sentimentale Eichen.

Der Himmel erhalte dich, wackres Volk,
Er segne deine Saaten,
Bewahre dich vor Krieg und Ruhm,
Vor Helden und Heldentaten.

Er schenke deinen Söhnen stets
Ein sehr gelindes Examen,
Und deine Töchter bringe er hübsch
Unter die Haube – Amen!

CAPUT XI

Das ist der Teutoburger Wald,
Den Tacitus beschrieben,
Das ist der klassische Morast,
Wo Varus stecken geblieben.

Hier schlug ihn der Cheruskerfürst,
Der Hermann, der edle Recke;
Die deutsche Nationalität,
Die siegte in diesem Drecke.

Wenn Hermann nicht die Schlacht gewann,
Mit seinen blonden Horden,
So gäbe es deutsche Freiheit nicht mehr,
Wir wären römisch geworden!

In unserem Vaterland herrschten jetzt
Nur römische Sprache und Sitten,
Vestalen gäb es in München sogar,
Die Schwaben hießen Quiriten!

Der Hengstenberg wär ein Haruspex
Und grübelte in den Gedärmen
Von Ochsen. Neander wär ein Augur
Und schaute nach Vögelschwärmen.

Birch-Pfeiffer söffe Terpentin,
Wie einst die römischen Damen.
(Man sagt, daß sie dadurch den Urin
Besonders wohlriechend bekamen.)

Der Raumer wäre kein deutscher Lump,
Er wäre ein römscher Lumpacius.
Der Freiligrath dichtete ohne Reim,
Wie weiland Flaccus Horatius.

Der grobe Bettler, Vater Jahn,
Der hieße jetzt Grobianus.
Me hercule! Maßmann spräche Latein,
Der Marcus Tullius Maßmanus!

Die Wahrheitsfreunde würden jetzt
Mit Löwen, Hyänen, Schakalen
Sich raufen in der Arena, anstatt
Mit Hunden in kleinen Journalen.

Wir hätten Einen Nero jetzt
Statt Landesväter drei Dutzend.
Wir schnitten uns die Adern auf,
Den Schergen der Knechtschaft trutzend.

Der Schelling wär ganz ein Seneca,
Und käme in solchem Konflikt um.
Zu unsrem Cornelius sagten wir:
Cacatum non est pictum.

Gottlob! Der Hermann gewann die Schlacht,
Die Römer wurden vertrieben,
Varus mit seinen Legionen erlag,
Und wir sind Deutsche geblieben!

Wir blieben deutsch, wir sprechen deutsch,
Wie wir es gesprochen haben;
Der Esel heißt Esel, nicht asinus,
Die Schwaben blieben Schwaben.

Der Raumer blieb ein deutscher Lump
Und kriegt den Adlerorden.
In Reimen dichtet Freiligrath,
Ist kein Horaz geworden.

Gottlob, der Maßmann spricht kein Latein,
Birch-Pfeiffer schreibt nur Dramen
Und säuft nicht schnöden Terpentin
Wie Roms galante Damen.

O Hermann, dir verdanken wir das!
Drum wird dir, wie sich gebühret,
Zu Detmold ein Monument gesetzt;
Hab selber subskribieret.

CAPUT XII

Im nächtlichen Walde humpelt dahin
Die Chaise. Da kracht es plötzlich –
Ein Rad ging los. Wir halten still.
Das ist nicht sehr ergötzlich.

Der Postillon steigt ab und eilt
Ins Dorf, und ich verweile
Um Mitternacht allein im Wald.
Ringsum ertönt ein Geheule.

Das sind die Wölfe, die heulen so wild,
Mit ausgehungerten Stimmen.
Wie Lichter in der Dunkelheit
Die feurigen Augen glimmen.

Sie hörten von meiner Ankunft gewiß,
Die Bestien, und mir zur Ehre
Illuminierten sie den Wald
Und singen sie ihre Chöre.

Das ist ein Ständchen, ich merke es jetzt,
Ich soll gefeiert werden!
Ich warf mich gleich in Positur
Und sprach mit gerührten Gebärden:

»Mitwölfe! Ich bin glücklich heut
In Eurer Mitte zu weilen,
Wo so viel edle Gemüter mir
Mit Liebe entgegenheulen.

»Was ich in diesem Augenblick
Empfinde, ist unermeßlich;
Ach! diese schöne Stunde bleibt
Mir ewig unvergeßlich.

»Ich danke Euch für das Vertraun,
Womit ihr mich beehret
Und das Ihr in jeder Prüfungszeit
Durch treue Beweise bewähret.

»Mitwölfe! Ihr zweifeltet nie an mir,
Ihr ließet Euch nicht fangen
Von Schelmen, die Euch gesagt, ich sei
Zu den Hunden übergegangen,

»Ich sei abtrünnig und werde bald
Hofrat in der Lämmerhürde –
Dergleichen zu widersprechen war
Ganz unter meiner Würde.

»Der Schafpelz, den ich umgehängt
Zuweilen, um mich zu wärmen,
Glaubt mirs, er brachte mich nie dahin,
Für das Glück der Schafe zu schwärmen.

»Ich bin kein Schaf, ich bin kein Hund,
Kein Hofrat und kein Schellfisch –
Ich bin ein Wolf geblieben, mein Herz
Und meine Zähne sind wölfisch.

»Ich bin ein Wolf und werde stets
Auch heulen mit den Wölfen –
Ja, zählt auf mich und helft Euch selbst,
Dann wird auch Gott Euch helfen!«

Das war die Rede, die ich hielt,
Ganz ohne Vorbereitung;
Verstümmelt hat Kolb sie abgedruckt
In der Allgemeinen Zeitung.

CAPUT XIII

Die Sonne ging auf bei Paderborn,
Mit sehr verdroßner Gebärde.
Sie treibt in der Tat ein verdrießlich Geschäft –
Beleuchten die dumme Erde!

Hat sie die eine Seite erhellt,
Und bringt sie mit strahlender Eile
Der andern ihr Licht, so verdunkelt schon
Sich jene mittlerweile.

Der Stein entrollt dem Sisyphus,
Der Danaiden Tonne
Wird nie gefüllt, und den Erdenball
Beleuchtet vergeblich die Sonne! –

Und als der Morgennebel zerrann,
Da sah ich am Wege ragen,
Im Frührotschein, das Bild des Manns,
Der an das Kreuz geschlagen.

Mit Wehmut erfüllt mich jedesmal
Dein Anblick, mein armer Vetter,
Der du die Welt erlösen gewollt,
Du Narr, du Menschheitsretter!

Sie haben dir übel mitgespielt,
Die Herren vom hohen Rate.
Wer hieß dich auch reden so rücksichtslos
Von der Kirche und vom Staate!

Zu deinem Malheur war die Buchdruckerei
Noch nicht in jenen Tagen
Erfunden; du hättest geschrieben ein Buch
Über die Himmelsfragen.

Der Zensor hätte gestrichen darin
Was etwa anzüglich auf Erden,
Und liebend bewahrte dich die Zensur
Vor dem Gekreuzigtwerden.

Ach! hättest du nur einen andern Text
Zu deiner Bergpredigt genommen,
Besaßest ja Geist und Talent genug,
Und konntest schonen die Frommen!

Geldwechsler, Bankiers, hast du sogar
Mit der Peitsche gejagt aus dem Tempel –
Unglücklicher Schwärmer, jetzt hängst du am Kreuz
Als warnendes Exempel!

CAPUT XIV

Ein feuchter Wind, ein kahles Land,
Die Chaise wackelt im Schlamme,
Doch singt es und klingt es in meinem Gemüt:
Sonne, du klagende Flamme!

Das ist der Schlußreim des alten Lieds,
Das oft meine Amme gesungen –
»Sonne, du klagende Flamme!« das hat
Wie Waldhornruf geklungen.

Es kommt im Lied ein Mörder vor,
Der lebt' in Lust und Freude;
Man findet ihn endlich im Walde gehenkt,
An einer grauen Weide.

Des Mörders Todesurteil war
Genagelt am Weidenstamme;
Das haben die Rächer der Feme getan –
Sonne, du klagende Flamme!

Die Sonne war Kläger, sie hatte bewirkt,
Daß man den Mörder verdamme.
Ottilie hatte sterbend geschrien:
Sonne, du klagende Flamme!

Und denk ich des Liedes, so denk ich auch
Der Amme, der lieben Alten;
Ich sehe wieder ihr braunes Gesicht,
Mit allen Runzeln und Falten.

Sie war geboren im Münsterland,
Und wußte, in großer Menge,
Gespenstergeschichten, grausenhaft,
Und Märchen und Volksgesänge.

Wie pochte mein Herz, wenn die alte Frau
Von der Königstochter erzählte,
Die einsam auf der Heide saß
Und die goldnen Haare strählte.

Die Gänse mußte sie hüten dort
Als Gänsemagd, und trieb sie
Am Abend die Gänse wieder durchs Tor,
Gar traurig stehen blieb sie.

Denn angenagelt über dem Tor
Sah sie ein Roßhaupt ragen,
Das war der Kopf des armen Pferds,
Das sie in die Fremde getragen.

Die Königstochter seufzte tief:
O, Falada, daß du hangest!
Der Pferdekopf herunter rief:
O wehe! daß du gangest!

Die Königstochter seufzte tief:
Wenn das meine Mutter wüßte!
Der Pferdekopf herunter rief:
Ihr Herze brechen müßte!

Mit stockendem Atem horchte ich hin,
Wenn die Alte ernster und leiser
Zu sprechen begann und vom Rotbart sprach,
Von unserem heimlichen Kaiser.

Sie hat mir versichert, er sei nicht tot,
Wie da glauben die Gelehrten,
Er hause versteckt in einem Berg
Mit seinen Waffengefährten.

Kyffhäuser ist der Berg genannt,
Und drinnen ist eine Höhle;
Die Ampeln erhellen so geisterhaft
Die hochgewölbten Säle.

Ein Marstall ist der erste Saal,
Und dorten kann man sehen
Viel tausend Pferde, blankgeschirrt,
Die an den Krippen stehen.

Sie sind gesattelt und gezäumt,
Jedoch von diesen Rossen
Kein einziges wiehert, keine einziges stampft,
Sind still, wie aus Eisen gegossen.

Im zweiten Saale, auf der Streu,
Sieht man Soldaten liegen,
Viel tausend Soldaten, bärtiges Volk,
Mit kriegerisch trotzigen Zügen.

Sie sind gerüstet von Kopf bis Fuß,
Doch alle diese Braven,
Sie rühren sich nicht, bewegen sich nicht,
Sie liegen fest und schlafen.

Hochaufgestapelt im dritten Saal
Sind Schwerter, Streitäxte, Speere,
Harnische, Helme, von Silber und Stahl,
Altfränkische Feuergewehre.

Sehr wenig Kanonen, jedoch genug
Um eine Trophäe zu bilden.
Hoch ragt daraus eine Fahne hervor,
Die Farbe ist schwarz-rot-gülden.

Der Kaiser bewohnt den vierten Saal.
Schon seit Jahrhunderten sitzt er
Auf steinernem Stuhl, am steinernen Tisch,
Das Haupt auf den Armen stützt er.

Sein Bart, der bis zur Erde wuchs,
Ist rot wie Feuerflammen,
Zuweilen zwinkert er mit dem Aug,
Zieht manchmal die Braunen zusammen.

Schläft er oder denkt er nach?
Man kanns nicht genau ermitteln;
Doch wenn die rechte Stunde kommt,
Wird er gewaltig sich rütteln.

Die gute Fahne ergreift er dann
Und ruft: zu Pferd! zu Pferde!
Sein reisiges Volk erwacht und springt
Lautrasselnd empor von der Erde.

Ein jeder schwingt sich auf sein Roß,
Das wiehert und stampft mit den Hufen!
Sie reiten hinaus in die klirrende Welt,
Und die Trompeten rufen.

Sie reiten gut, sie schlagen gut,
Sie haben ausgeschlafen.
Der Kaiser hält ein strenges Gericht,
Er will die Mörder bestrafen –

Die Mörder, die gemeuchelt einst
Die teure, wundersame,
Goldlockigte Jungfrau Germania –
Sonne, du klagende Flamme!

Wohl mancher, der sich geborgen geglaubt,
Und lachend auf seinem Schloß saß,
Er wird nicht entgehen dem rächenden Strang,
Dem Zorne Barbarossas! – – –

Wie klingen sie lieblich, wie klingen sie süß,
Die Märchen der alten Amme!
Mein abergläubisches Herze jauchzt:
Sonne, du klagende Flamme!

CAPUT XV

Ein feiner Regen prickelt herab,
Eiskalt, wie Nähnadelspitzen.
Die Pferde bewegen traurig den Schwanz,
Sie waten im Kot und schwitzen.

Der Postillon stößt in sein Horn,
Ich kenne das alte Getute –
»Es reiten drei Reiter zum Tor hinaus!« –
Es wird mir so dämmrig zu Mute.

Mich schläferte und ich entschlief,
Und siehe! mir träumte am Ende,
Daß ich mich in dem Wunderberg
Beim Kaiser Rotbart befände.

Er saß nicht mehr auf steinernem Stuhl,
Am steinernen Tisch, wie ein Steinbild;
Auch sah er nicht so ehrwürdig aus,
Wie man sich gewöhnlich einbildt.

Er watschelte durch die Säle herum
Mit mir im trauten Geschwätze.
Er zeigte wie ein Antiquar
Mir seine Kuriosa und Schätze.

Im Saale der Waffen erklärte er mir,
Wie man sich der Kolben bediene,
Von einigen Schwertern rieb er den Rost
Mit seinem Hermeline.

Er nahm ein Pfauenwedel zur Hand,
Und reinigte vom Staube
Gar manchen Harnisch, gar manchen Helm,
Auch manche Pickelhaube.

Die Fahne stäubte er gleichfalls ab,
Und er sprach: »Mein größter Stolz ist,
Daß noch keine Motte die Seide zerfraß,
Und auch kein Wurm im Holz ist.«

Und als wir kamen in den Saal,
Wo schlafend am Boden liegen
Viel tausend Krieger, kampfbereit,
Der Alte sprach mit Vergnügen:

»Hier müssen wir leiser reden und gehn,
Damit wir nicht wecken die Leute;
Wieder verflossen sind hundert Jahr,
Und Löhnungstag ist heute.«

Und siehe! der Kaiser nahte sich sacht
Den schlafenden Soldaten,
Und steckte heimlich in die Tasch
Jedwedem einen Dukaten.

Er sprach mit schmunzelndem Gesicht,
Als ich ihn ansah verwundert:
»Ich zahle einen Dukaten per Mann,
Als Sold, nach jedem Jahrhundert.«

Im Saale, wo die Pferde stehn
In langen, schweigenden Reihen,
Da rieb der Kaiser sich die Händ,
Schien sonderbar sich zu freuen.

Er zählte die Gäule, Stück vor Stück,
Und klätschelte ihnen die Rippen;
Er zählte und zählte, mit ängstlicher Hast
Bewegten sich seine Lippen.

»Das ist noch nicht die rechte Zahl« –
Sprach er zuletzt verdrossen –
»Soldaten und Waffen hab ich genung,
Doch fehlt es noch an Rossen.

»Roßkämme habe ich ausgeschickt
In alle Welt, die kaufen
Für mich die besten Pferde ein,
Hab schon einen guten Haufen.

»Ich warte, bis die Zahl komplett,
Dann schlag ich los und befreie
Mein Vaterland, mein deutsches Volk,
Das meiner harret mit Treue.«

So sprach der Kaiser, ich aber rief:
Schlag los, du alter Geselle,
Schlag los, und hast du nicht Pferde genug,
Nimm Esel an ihrer Stelle.

Der Rotbart erwiderte lächelnd: »Es hat
Mit dem Schlagen gar keine Eile,
Man baute nicht Rom in einem Tag,
Gut Ding will haben Weile.

»Wer heute nicht kommt, kommt morgen gewiß,
Nur langsam wächst die Eiche,
Und chi va piano va sano, so heißt
Das Sprüchwort im römischen Reiche.«

CAPUT XVI

Das Stoßen des Wagens weckte mich auf,
Doch sanken die Augenlider
Bald wieder zu, und ich entschlief
Und träumte vom Rotbart wieder.

Ging wieder schwatzend mit ihm herum
Durch alle die hallenden Säle;
Er frug mich dies, er frug mich das,
Verlangte, daß ich erzähle.

Er hatte aus der Oberwelt
Seit vielen, vielen Jahren,
Wohl seit dem siebenjährigen Krieg,
Kein Sterbenswort erfahren.

Er frug nach Moses Mendelssohn,
Nach der Karschin, mit Intresse
Frug er nach der Gräfin Dubarry,
Des fünfzehnten Ludwigs Mätresse.

O Kaiser, rief ich, wie bist du zurück!
Der Moses ist längst gestorben,
Nebst seiner Rebekka, auch Abraham,
Der Sohn, ist gestorben, verdorben.

Der Abraham hatte mit Lea erzeugt
Ein Bübchen, Felix heißt er,
Der brachte es weit im Christentum,
Ist schon Kapellenmeister.

Die alte Karschin ist gleichfalls tot,
Auch die Tochter ist tot, die Klenke;
Helmine Chézy, die Enkelin,
Ist noch am Leben, ich denke.

Die Dubarry lebte lustig und flott,
Solange Ludwig regierte,
Der Fünfzehnte nämlich, sie war schon alt,
Als man sie guillotinierte.

Der König Ludwig der Fünfzehnte starb
Ganz ruhig in seinem Bette,
Der Sechzehnte aber ward guillotiniert
Mit der Königin Antoinette.

Die Königin zeigte großen Mut,
Ganz wie es sich gebührte,
Die Dübarry aber weinte und schrie,
Als man sie guillotinierte. – –

Der Kaiser blieb plötzlich stille stehn,
Und sah mich an mit den stieren
Augen und sprach: »Um Gotteswilln,
Was ist das, guillotinieren?«

Das Guillotinieren – erklärte ich ihm –
Ist eine neue Methode,
Womit man die Leute jeglichen Stands
Vom Leben bringt zu Tode.

Bei dieser Methode bedient man sich
Auch einer neuen Maschine,
Die hat erfunden Herr Guillotin,
Drum nannt man sie Guillotine.

Du wirst hier an ein Brett geschnallt; –
Das senkt sich; – du wirst geschoben
Geschwinde zwischen zwei Pfosten; – es hängt
Ein dreieckig Beil ganz oben; –

Man zieht eine Schnur, dann schießt herab
Das Beil, ganz lustig und munter; –
Bei dieser Gelegenheit fällt dein Kopf
In einen Sack hinunter.

Der Kaiser fiel mir in die Red:
»Schweig still, von deiner Maschine
Will ich nichts wissen, Gott bewahr,
Daß ich mich ihrer bediene!

»Der König und die Königin!
Geschnallt! an einem Brette!
Das ist ja gegen allen Respekt
Und alle Etikette!

»Und du, wer bist du, daß du es wagst,
Mich so vertraulich zu duzen?
Warte, du Bürschchen, ich werde dir schon
Die kecken Flügel stutzen!

»Es regt mir die innerste Galle auf,
Wenn ich dich höre sprechen,
Dein Odem schon ist Hochverrat
Und Majestätsverbrechen!«

Als solchermaßen in Eifer geriet
Der Alte und sonder Schranken
Und Schonung mich anschnob, da platzten heraus
Auch mir die geheimsten Gedanken.

Herr Rotbart – rief ich laut – du bist
Ein altes Fabelwesen,
Geh, leg dich schlafen, wir werden uns
Auch ohne dich erlösen.

Die Republikaner lachen uns aus,
Sehn sie an unserer Spitze
So ein Gespenst mit Zepter und Kron;
Sie rissen schlechte Witze.

Auch deine Fahne gefällt mir nicht mehr,
Die altdeutschen Narren verdarben
Mir schon in der Burschenschaft die Lust
An den schwarz-rot-goldnen Farben.

Das beste wäre, du bliebest zu Haus,
Hier in dem alten Kyffhäuser –
Bedenk ich die Sache ganz genau,
So brauchen wir gar keinen Kaiser.

CAPUT XVII

Ich habe mich mit dem Kaiser gezankt
Im Traum, im Traum versteht sich, –
Im wachenden Zustand sprechen wir nicht
Mit Fürsten so widersetzig.

Nur träumend, im idealen Traum,
Wagt ihnen der Deutsche zu sagen
Die deutsche Meinung, die er so tief
Im treuen Herzen getragen.

Als ich erwacht', fuhr ich einem Wald
Vorbei, der Anblick der Bäume,
Der nackten hölzernen Wirklichkeit,
Verscheuchte meine Träume.

Die Eichen schüttelten ernsthaft das Haupt,
Die Birken und Birkenreiser
Sie nickten so warnend – und ich rief:
Vergib mir, mein teurer Kaiser!

Vergib mir, o Rotbart, das rasche Wort!
Ich weiß, du bist viel weiser
Als ich, ich habe so wenig Geduld –
Doch komme du bald, mein Kaiser!

Behagt dir das Guillotinieren nicht,
So bleib bei den alten Mitteln:
Das Schwert für Edelleute, der Strick
Für Bürger und Bauern in Kitteln.

Nur manchmal wechsle ab, und laß
Den Adel hängen, und köpfe
Ein bißchen die Bürger und Bauern, wir sind
Ja alle Gottesgeschöpfe.

Stell wieder her das Halsgericht,
Das peinliche Karls des Fünften,
Und teile wieder ein das Volk
Nach Ständen, Gilden und Zünften.

Das alte heilige römische Reich,
Stells wieder her, das ganze,
Gib uns den modrigsten Plunder zurück
Mit allem Firlifanze.

Das Mittelalter, immerhin,
Das wahre, wie es gewesen,
Ich will es ertragen – erlöse uns nur
Von jenem Zwitterwesen,

Von jenem Kamaschenrittertum,
Das ekelhaft ein Gemisch ist
Von gotischem Wahn und modernem Lug,
Das weder Fleisch noch Fisch ist.

Jag fort das Komödiantenpack,
Und schließe die Schauspielhäuser,
Wo man die Vorzeit parodiert –
Komme du bald, o Kaiser.

CAPUT XVIII

Minden ist eine feste Burg,
Hat gute Wehr und Waffen!
Mit preußischen Festungen hab ich jedoch
Nicht gerne was zu schaffen.

Wir kamen dort an zur Abendzeit.
Die Planken der Zugbrück stöhnten
So schaurig, als wir hinübergerollt;
Die dunklen Gräben gähnten.

Die hohen Bastionen schauten mich an,
So drohend und verdrossen;
Das große Tor ging rasselnd auf,
Ward rasselnd wieder geschlossen.

Ach! meine Seele ward betrübt,
Wie des Odysseus Seele,
Als er gehört, daß Polyphem
Den Felsblock schob vor die Höhle.

Es trat an den Wagen ein Korporal
Und frug uns: wie wir hießen?
Ich heiße Niemand, bin Augenarzt
Und steche den Star den Riesen.

Im Wirtshaus ward mir noch schlimmer zu Mut,
Das Essen wollt mir nicht schmecken.
Ging schlafen sogleich, doch schlief ich nicht,
Mich drückten so schwer die Decken.

Es war ein breites Federbett,
Gardinen von rotem Damaste,
Der Himmel von verblichenem Gold,
Mit einem schmutzigen Quaste.

Verfluchter Quast! der die ganze Nacht
Die liebe Ruhe mir raubte!
Er hing mir, wie des Damokles Schwert,
So drohend über dem Haupte!

Schien manchmal ein Schlangenkopf zu sein,
Und ich hörte ihn heimlich zischen:
Du bist und bleibst in der Festung jetzt,
Du kannst nicht mehr entwischen!

O, daß ich wäre – seufzte ich –
Daß ich zu Hause wäre,
Bei meiner lieben Frau in Paris,
Im Faubourg-Poissonière!

Ich fühlte, wie über die Stirne mir
Auch manchmal etwas gestrichen,
Gleich einer kalten Zensorhand,
Und meine Gedanken wichen –

Gendarmen in Leichenlaken gehüllt,
Ein weißes Spukgewirre,
Umringte mein Bett, ich hörte auch
Unheimliches Kettengeklirre.

Ach! die Gespenster schleppten mich fort
Und ich hab mich endlich befunden
An einer steilen Felsenwand;
Dort war ich festgebunden.

Der böse schmutzige Betthimmelquast!
Ich fand ihn gleichfalls wieder,
Doch sah er jetzt wie ein Geier aus,
Mit Krallen und schwarzem Gefieder.

Er glich dem preußischen Adler jetzt,
Und hielt meinen Leib umklammert;
Er fraß mir die Leber aus der Brust,
Ich habe gestöhnt und gejammert.

Ich jammerte lange – da krähte der Hahn,
Und der Fiebertraum erblaßte.
Ich lag zu Minden im schwitzenden Bett,
Der Adler ward wieder zum Quaste.

Ich reiste fort mit Extrapost,
Und schöpfte freien Odem
Erst draußen in der freien Natur,
Auf bückeburgschem Boden.

CAPUT XIX

O, Danton, du hast dich sehr geirrt
Und mußtest den Irrtum büßen!
Mitnehmen kann man das Vaterland
An den Sohlen, an den Füßen.

Das halbe Fürstentum Bückeburg
Blieb mir an den Stiefeln kleben;
So lehmigte Wege habe ich wohl
Noch nie gesehen im Leben.

Zu Bückeburg stieg ich ab in der Stadt,
Um dort zu betrachten die Stammburg,
Wo mein Großvater geboren ward;
Die Großmutter war aus Hamburg.

Ich kam nach Hannover um Mittagzeit,
Und ließ mir die Stiefel putzen.
Ich ging sogleich die Stadt zu besehn,
Ich reise gern mit Nutzen.

Mein Gott! da sieht es sauber aus!
Der Kot liegt nicht auf den Gassen.
Viel Prachtgebäude sah ich dort,
Sehr imponierende Massen.

Besonders gefiel mir ein großer Platz,
Umgeben von stattlichen Häusern;
Dort wohnt der König, dort steht sein Palast,
Er ist von schönem Äußern,

(Nämlich der Palast.) Vor dem Portal
Zu jeder Seite ein Schildhaus.
Rotröcke mit Flinten halten dort Wacht,
Sie sehen drohend und wild aus.

Mein Cicerone sprach: »Hier wohnt
Der Ernst Augustus, ein alter,
Hochtoryscher Lord, ein Edelmann,
Sehr rüstig für sein Alter.

»Idyllisch sicher haust er hier,
Denn besser als alle Trabanten
Beschützet ihn der mangelnde Mut
Von unseren lieben Bekannten.

»Ich seh ihn zuweilen, er klagt alsdann,
Wie gar langweilig das Amt sei,
Das Königsamt, wozu er jetzt
Hier in Hannover verdammt sei.

»An großbritanisches Leben gewöhnt,
Sei es ihm hier zu enge,
Ihn plage der Spleen, er fürchte schier,
Daß er sich mal erhänge.

»Vorgestern fand ich ihn traurig gebückt
Am Kamin, in der Morgenstunde;
Er kochte höchstselbst ein Lavement
Für seine kranken Hunde.«

CAPUT XX

Von Harburg fuhr ich in einer Stund
Nach Hamburg. Es war schon Abend.
Die Sterne am Himmel grüßten mich,
Die Luft war lind und labend.

Und als ich zu meiner Frau Mutter kam,
Erschrak sie fast vor Freude;
Sie rief: »mein liebes Kind!« und schlug
Zusammen die Hände beide.

»Mein liebes Kind, wohl dreizehn Jahr
Verflossen unterdessen!
Du wirst gewiß sehr hungrig sein –
Sag an, was willst du essen?

»Ich habe Fisch und Gänsefleisch
Und schöne Apfelsinen.«
So gib mir Fisch und Gänsefleisch
Und schöne Apfelsinen.

Und als ich aß mit großem Aptit,
Die Mutter ward glücklich und munter,
Sie frug wohl dies, sie frug wohl das,
Verfängliche Fragen mitunter.

»Mein liebes Kind! und wirst du auch
Recht sorgsam gepflegt in der Fremde?
Versteht deine Frau die Haushaltung,
Und flickt sie dir Strümpfe und Hemde?«

Der Fisch ist gut, lieb Mütterlein,
Doch muß man ihn schweigend verzehren;
Man kriegt so leicht eine Grät in den Hals,
Du darfst mich jetzt nicht stören.

Und als ich den braven Fisch verzehrt,
Die Gans ward aufgetragen.
Die Mutter frug wieder wohl dies, wohl das,
Mitunter verfängliche Fragen.

»Mein liebes Kind! in welchem Land
Läßt sich am besten leben?
Hier oder in Frankreich? und welchem Volk
Wirst du den Vorzug geben?«

Die deutsche Gans, lieb Mütterlein,
Ist gut, jedoch die Franzosen,
Sie stopfen die Gänse besser als wir,
Auch haben sie bessere Saucen. –

Und als die Gans sich wieder empfahl,
Da machten ihre Aufwartung
Die Apfelsinen, sie schmeckten so süß,
Ganz über alle Erwartung.

Die Mutter aber fing wieder an
Zu fragen sehr vergnüglich,
Nach tausend Dingen, mitunter sogar
Nach Dingen, die sehr anzüglich.

»Mein liebes Kind! wie denkst du jetzt?
Treibst du noch immer aus Neigung
Die Politik? Zu welcher Partei
Gehörst du mit Überzeugung?«

Die Apfelsinen, lieb Mütterlein,
Sind gut, und mit wahrem Vergnügen
Verschlucke ich den süßen Saft,
Und ich lasse die Schalen liegen.

CAPUT XXI

Die Stadt, zur Hälfte abgebrannt,
Wird aufgebaut allmählig;
Wie 'n Pudel, der halb geschoren ist,
Sieht Hamburg aus, trübselig.

Gar manche Gassen fehlen mir,
Die ich nur ungern vermisse –
Wo ist das Haus, wo ich geküßt
Der Liebe erste Küsse?

Wo ist die Druckerei, wo ich
Die Reisebilder druckte?
Wo ist der Austerkeller, wo ich
Die ersten Austern schluckte?

Und der Dreckwall, wo ist der Dreckwall hin?
Ich kann ihn vergeblich suchen!
Wo ist der Pavillon, wo ich
Gegessen so manchen Kuchen?

Wo ist das Rathaus, worin der Senat
Und die Bürgerschaft gethronet?
Ein Raub der Flammen! Die Flamme hat
Das Heiligste nicht verschonet.

Die Leute seufzten noch vor Angst,
Und mit wehmütgem Gesichte
Erzählten sie mir vom großen Brand
Die schreckliche Geschichte:

»Es brannte an allen Ecken zugleich,
Man sah nur Rauch und Flammen!
Die Kirchentürme loderten auf
Und stürzten krachend zusammen.

»Die alte Börse ist verbrannt,
Wo unsere Väter gewandelt
Und mit einander Jahrhunderte lang
So redlich als möglich gehandelt.

»Die Bank, die silberne Seele der Stadt,
Und die Bücher, wo eingeschrieben
Jedweden Mannes Banko-Wert,
Gottlob! sie sind uns geblieben!

»Gottlob! man kollektierte für uns
Selbst bei den fernsten Nationen –
Ein gutes Geschäft – die Kollekte betrug
Wohl an die acht Millionen.

»Aus allen Ländern floß das Geld
In unsre offnen Hände,
Auch Viktualien nahmen wir an,
Verschmähten keine Spende.

»Man schickte uns Kleider und Betten genug,
Auch Brot und Fleisch und Suppen!
Der König von Preußen wollte sogar
Uns schicken seine Truppen.

»Der materielle Schaden ward
Vergütet, das ließ sich schätzen –
Jedoch den Schrecken, unseren Schreck,
Den kann uns niemand ersetzen!«

Aufmunternd sprach ich: Ihr lieben Leut,
Ihr müßt nicht jammern und flennen,
Troja war eine bessere Stadt
Und mußte doch verbrennen.

Baut Eure Häuser wieder auf
Und trocknet Eure Pfützen,
Und schafft Euch beßre Gesetze an
Und beßre Feuerspritzen.

Gießt nicht zu viel Cayenne-Piment
In Eure Mokturtelsuppen,
Auch Eure Karpfen sind Euch nicht gesund,
Ihr kocht sie so fett mit den Schuppen.

Kalkuten schaden Euch nicht viel,
Doch hütet Euch vor der Tücke
Des Vogels, der sein Ei gelegt
In des Bürgermeisters Perücke. – –

Wer dieser fatale Vogel ist,
Ich brauch es Euch nicht zu sagen –
Denk ich an ihn, so dreht sich herum
Das Essen in meinem Magen.

CAPUT XXII

Noch mehr verändert als die Stadt
Sind mir die Menschen erschienen,
Sie gehn so betrübt und gebrochen herum,
Wie wandelnde Ruinen.

Die mageren sind noch dünner jetzt,
Noch fetter sind die feisten,
Die Kinder sind alt, die Alten sind
Kindisch geworden, die meisten.

Gar manche, die ich als Kälber verließ,
Fand ich als Ochsen wieder;
Gar manches kleine Gänschen ward
Zur Gans mit stolzem Gefieder.

Die alte Gudel fand ich geschminkt
Und geputzt wie eine Sirene;
Hat schwarze Locken sich angeschafft
Und blendend weiße Zähne.

Am besten hat sich konserviert
Mein Freund, der Papierverkäufer;
Sein Haar ward gelb und umwallt sein Haupt,
Sieht aus wie Johannes der Täufer.

Den * * * * den sah ich nur von fern,
Er huschte mir rasch vorüber;
Ich höre, sein Geist ist abgebrannt
Und war versichert bei Biber.

Auch meinen alten Zensor sah
Ich wieder. Im Nebel, gebücket,
Begegnet er mir auf dem Gänsemarkt,
Schien sehr darnieder gedrücket.

Wir schüttelten uns die Hände, es schwamm
Im Auge des Manns eine Träne.
Wie freute er sich, mich wieder zu sehn!
Es war eine rührende Szene. –

Nicht alle fand ich. Mancher hat
Das Zeitliche gesegnet.
Ach! meinem Gumpelino sogar
Bin ich nicht mehr begegnet.

Der Edle hatte ausgehaucht
Die große Seele soeben,
Und wird als verklärter Seraph jetzt
Am Throne Jehovahs schweben.

Vergebens suchte ich überall
Den krummen Adonis, der Tassen
Und Nachtgeschirr von Porzellan
Feil bot in Hamburgs Gassen.

Sarras, der treue Pudel, ist tot.
Ein großer Verlust! Ich wette,
Daß Campe lieber ein ganzes Schock
Schriftsteller verloren hätte. – –

Die Population des Hamburger Staats
Besteht, seit Menschengedenken,
Aus Juden und Christen; es pflegen auch
Die letztren nicht viel zu verschenken.

Die Christen sind alle ziemlich gut,
Auch essen sie gut zu Mittag,
Und ihre Wechsel bezahlen sie prompt,
Noch vor dem letzten Respittag.

Die Juden teilen sich wieder ein
In zwei verschiedne Parteien;
Die Alten gehn in die Synagog,
Und in den Tempel die Neuen.

Die Neuen essen Schweinefleisch,
Zeigen sich widersetzig,
Sind Demokraten; die Alten sind
Vielmehr aristokrätzig.

Ich liebe die Alten, ich liebe die Neun –
Doch schwör ich, beim ewigen Gotte,
Ich liebe gewisse Fischchen noch mehr,
Man heißt sie geräucherte Sprotte.

CAPUT XXIII

Als Republik war Hamburg nie
So groß wie Venedig und Florenz,
Doch Hamburg hat bessere Austern; man speist
Die besten im Keller von Lorenz.

Es war ein schöner Abend, als ich
Mich hinbegab mit Campen;
Wir wollten mit einander dort
In Rheinwein und Austern schlampampen.

Auch gute Gesellschaft fand ich dort,
Mit Freude sah ich wieder
Manch alten Genossen, zum Beispiel Chaufepié,
Auch manche neue Brüder.

Da war der Wille, dessen Gesicht
Ein Stammbuch, worin mit Hieben
Die akademischen Feinde sich
Recht leserlich eingeschrieben.

Da war der Fucks, ein blinder Heid
Und persönlicher Feind des Jehovah,
Glaubt nur an Hegel und etwa noch
An die Venus des Canova.

Mein Campe war Amphitryo
Und lächelte vor Wonne;
Sein Auge strahlte Seligkeit,
Wie eine verklärte Madonne.

Ich aß und trank, mit gutem Aptit,
Und dachte in meinem Gemüte:
»Der Campe ist wirklich ein großer Mann,
Ist aller Verleger Blüte.

»Ein andrer Verleger hätte mich
Vielleicht verhungern lassen,
Der aber gibt mir zu trinken sogar;
Werde ihn niemals verlassen.

»Ich danke dem Schöpfer in der Höh,
Der diesen Saft der Reben
Erschuf, und zum Verleger mir
Den Julius Campe gegeben!

»Ich danke dem Schöpfer in der Höh,
Der, durch sein großes Werde,
Die Austern erschaffen in der See
Und den Rheinwein auf der Erde!

»Der auch Zitronen wachsen ließ,
Die Austern zu betauen –
Nun laß mich, Vater, diese Nacht
Das Essen gut verdauen!«

Der Rheinwein stimmt mich immer weich
Und löst jedwedes Zerwürfnis
In meiner Brust, entzündet darin
Der Menschenliebe Bedürfnis.

Es treibt mich aus dem Zimmer hinaus,
Ich muß in den Straßen schlendern;
Die Seele sucht eine Seele und späht
Nach zärtlich weißen Gewändern.

In solchen Momenten zerfließe ich fast
Vor Wehmut und vor Sehnen;
Die Katzen scheinen mir alle grau,
Die Weiber alle Helenen. – – –

Und als ich auf die Drehbahn kam,
Da sah ich im Mondenschimmer
Ein hehres Weib, ein wunderbar
Hochbusiges Frauenzimmer.

Ihr Antlitz war rund und kerngesund,
Die Augen wie blaue Turkoasen,
Die Wangen wie Rosen, wie Kirschen der Mund,
Auch etwas rötlich die Nase.

Ihr Haupt bedeckte eine Mütz
Von weißem gesteiftem Linnen,
Gefältelt wie eine Mauerkron,
Mit Türmchen und zackigen Zinnen.

Sie trug eine weiße Tunika,
Bis an die Waden reichend.
Und welche Waden! Das Fußgestell
Zwei dorischen Säulen gleichend.

Die weltlichste Natürlichkeit
Konnt man in den Zügen lesen;
Doch das übermenschliche Hinterteil
Verriet ein höheres Wesen.

Sie trat zu mir heran und sprach:
»Willkommen an der Elbe,
Nach dreizehnjährger Abwesenheit –
Ich sehe, du bist noch derselbe!

»Du suchst die schönen Seelen vielleicht,
Die dir so oft begegent
Und mit dir geschwärmt die Nacht hindurch,
In dieser schönen Gegend.

»Das Leben verschlang sie, das Ungetüm,
Die hundertköpfige Hyder;
Du findest nicht die alte Zeit
Und die Zeitgenössinnen wieder!

»Du findest die holden Blumen nicht mehr,
Die das junge Herz vergöttert;
Hier blühten sie – jetzt sind sie verwelkt,
Und der Sturm hat sie entblättert.

»Verwelkt, entblättert, zertreten sogar
Von rohen Schicksalsfüßen –
Mein Freund, das ist auf Erden das Los
Von allem Schönen und Süßen!«

Wer bist du? – rief ich – du schaust mich an
Wie ’n Traum aus alten Zeiten –
Wo wohnst du, großes Frauenbild?
Und darf ich dich begleiten?

Da lächelte das Weib und sprach:
»Du irrst dich, ich bin eine feine,
Anständge, moralische Person;
Du irrst dich, ich bin nicht so Eine.

»Ich bin nicht so eine kleine Mamsell,
So eine welsche Lorettin –
Denn wisse: ich bin Hammonia,
Hamburgs beschützende Göttin!

»Du stutzest und erschreckst sogar,
Du sonst so mutiger Sänger!
Willst du mich noch begleiten jetzt?
Wohlan, so zögre nicht länger.«

Ich aber lachte laut und rief:
Ich folge auf der Stelle –
Schreit du voran, ich folge dir,
Und ging es in die Hölle!

CAPUT XXIV

Wie ich die enge Sahltrepp hinauf
Gekommen, ich kann es nicht sagen;
Es haben unsichtbare Geister mich
Vielleicht hinaufgetragen.

Hier, in Hammonias Kämmerlein,
Verflossen mir schnell die Stunden.
Die Göttin gestand die Sympathie,
Die sie immer für mich empfunden.

»Siehst du« – sprach sie – »in früherer Zeit
War mir am meisten teuer
Der Sänger, der den Messias besang
Auf seiner frommen Leier.

»Dort auf der Kommode steht noch jetzt
Die Büste von meinem Klopstock,
Jedoch seit Jahren dient sie mir
Nur noch als Haubenkopfstock.

»Du bist mein Liebling jetzt, es hängt
Dein Bildnis zu Häupten des Bettes;
Und, siehst du, ein frischer Lorbeer umkränzt
Den Rahmen des holden Porträtes.

»Nur daß du meine Söhne so oft
Genergelt, ich muß es gestehen,
Hat mich zuweilen tief verletzt;
Das darf nicht mehr geschehen.

»Es hat die Zeit dich hoffentlich
Von solcher Unart geheilet,
Und dir eine größere Toleranz
Sogar für Narren erteilet.

»Doch sprich, wie kam der Gedanke dir,
Zu reisen nach dem Norden
In solcher Jahrzeit? Das Wetter ist
Schon winterlich geworden!«

O, meine Göttin! – erwiderte ich –
Es schlafen tief im Grunde
Des Menschenherzens Gedanken, die oft
Erwachen zur unrechten Stunde.

Es ging mir äußerlich ziemlich gut,
Doch innerlich war ich beklommen,
Und die Beklemmnis täglich wuchs –
Ich hatte das Heimweh bekommen.

Die sonst so leichte französische Luft,
Sie fing mich an zu drücken;
Ich mußte Atem schöpfen hier
In Deutschland, um nicht zu ersticken.

Ich sehnte mich nach Torfgeruch,
Nach deutschem Tabaksdampfe;
Es bebte mein Fuß vor Ungeduld,
Daß er deutschen Boden stampfe.

Ich seufzte des Nachts, und sehnte mich,
Daß ich sie wiedersähe,
Die alte Frau, die am Dammtor wohnt;
Das Lottchen wohnt in der Nähe.

Auch jenem edlen alten Herrn,
Der immer mich ausgescholten
Und immer großmütig beschützt, auch ihm
Hat mancher Seufzer gegolten.

Ich wollte wieder aus seinem Mund
Vernehmen den »dummen Jungen!«
Das hat mir immer wie Musik
Im Herzen nachgeklungen.

Ich sehnte mich nach dem blauen Rauch,
Der aufsteigt aus deutschen Schornsteinen,
Nach niedersächsischen Nachtigalln,
Nach stillen Buchenhainen.

Ich sehnte mich nach den Plätzen sogar,
Nach jenen Leidensstationen,
Wo ich geschleppt das Jugendkreuz
Und meine Dornenkronen.

Ich wollte weinen, wo ich einst
Geweint die bittersten Tränen –
Ich glaube Vaterlandsliebe nennt
Man dieses törigte Sehnen.

Ich spreche nicht gern davon; es ist
Nur eine Krankheit im Grunde.
Verschämten Gemütes, verberge ich stets
Dem Publiko meine Wunde.

Fatal ist mir das Lumpenpack,
Das, um die Herzen zu rühren,
Den Patriotismus trägt zur Schau
Mit allen seinen Geschwüren.

Schamlose schäbbige Bettler sinds,
Almosen wollen sie haben –
Ein'n Pfennig Popularität
Für Menzel und seine Schwaben!

O meine Göttin, du hast mich heut
In weicher Stimmung gefunden;
Bin etwas krank, doch pfleg ich mich,
Und ich werde bald gesunden.

Ja, ich bin krank, und du könntest mir
Die Seele sehr erfrischen
Durch eine gute Tasse Tee;
Du mußt ihn mit Rum vermischen.

CAPUT XXV

Die Göttin hat mir Tee gekocht
Und Rum hineingegossen;
Sie selber aber hat den Rum
Ganz ohne Tee genossen.

An meine Schulter lehnte sie
Ihr Haupt (die Mauerkrone,
Die Mütze, ward etwas zerknittert davon)
Und sie sprach mit sanftem Tone:

»Ich dachte manchmal mit Schrecken dran,
Daß du in dem sittenlosen
Paris so ganz ohne Aufsicht lebst,
Bei jenen frivolen Franzosen.

»Du schlenderst dort herum und hast
Nicht mal an deiner Seite
Einen treuen deutschen Verleger, der dich
Als Mentor warne und leite.

»Und die Verführung ist dort so groß,
Dort gibt es so viele Sylphiden,
Die ungesund, und gar zu leicht
Verliert man den Seelenfrieden.

»Geh nicht zurück und bleib bei uns;
Hier herrschen noch Zucht und Sitte,
Und manches stille Vergnügen blüht
Auch hier, in unserer Mitte.

»Bleib bei uns in Deutschland, es wird dir hier
Jetzt besser als ehmals munden;
Wir schreiten fort, du hast gewiß
Den Fortschritt selbst gefunden.

»Auch die Zensur ist nicht mehr streng,
Hoffmann wird älter und milder
Und streicht nicht mehr mit Jugendzorn
Dir deine Reisebilder.

»Du selbst bist älter und milder jetzt,
Wirst dich in manches schicken,
Und wirst sogar die Vergangenheit
In besserem Lichte erblicken.

»Ja, daß es uns früher so schrecklich ging,
In Deutschland, ist Übertreibung;
Man konnte entrinnen der Knechtschaft, wie einst
In Rom, durch Selbstentleibung.

»Gedankenfreiheit genoß das Volk,
Sie war für die großen Massen,
Beschränkung traf nur die gringe Zahl
Derjengen, die drucken lassen.

»Gesetzlose Willkür herrschte nie,
Dem schlimmsten Demagogen
Ward niemals ohne Urteilspruch
Die Staatskokarde entzogen.

»So übel war es in Deutschland nie,
Trotz aller Zeitbedrängnis –
Glaub mir, verhungert ist nie ein Mensch
In einem deutschen Gefängnis.

»Es blühte in der Vergangenheit
So manche schöne Erscheinung
Des Glaubens und der Gemütlichkeit;
Jetzt herrscht nur Zweifel, Verneinung.

»Die praktische äußere Freiheit wird einst
Das Ideal vertilgen,
Das wir im Busen getragen – es war
So rein wie der Traum der Liljen!

»Auch unsre schöne Poesie
Erlischt, sie ist schon ein wenig
Erloschen; mit andern Königen stirbt
Auch Freiligraths Mohrenkönig.

»Der Enkel wird essen und trinken genug,
Doch nicht in beschaulicher Stille;
Es poltert heran ein Spektakelstück,
Zu Ende geht die Idylle.

»O, könntest du schweigen, ich würde dir
Das Buch des Schicksals entsiegeln,
Ich ließe dir spätere Zeiten sehn
In meinen Zauberspiegeln.

»Was ich den sterblichen Menschen nie
Gezeigt, ich möcht es dir zeigen:
Die Zukunft deines Vaterlands –
Doch ach! du kannst nicht schweigen!«

Mein Gott, o Göttin! – rief ich entzückt –
Das wäre mein größtes Vergnügen,
Laß mich das künftige Deutschland sehn –
Ich bin ein Mann und verschwiegen.

Ich will dir schwören jeden Eid,
Den du nur magst begehren,
Mein Schweigen zu verbürgen dir –
Sag an, wie soll ich schwören?

Doch jene erwiderte: »Schwöre mir
In Vater Abrahams Weise,
Wie er Eliesern schwören ließ,
Als dieser sich gab auf die Reise.

»Heb auf das Gewand und lege die Hand
Hier unten an meine Hüften,
Und schwöre mir Verschwiegenheit
In Reden und in Schriften!«

Ein feierlicher Moment! Ich war
Wie angeweht vom Hauche
Der Vorzeit, als ich schwur den Eid,
Nach uraltem Erzväterbrauche.

Ich hob das Gewand der Göttin auf
Und legte an ihre Hüften
Die Hand, gelobend Verschwiegenheit
In Reden und in Schriften.

CAPUT XXVI

Die Wangen der Göttin glühten so rot
(Ich glaube, in die Krone
Stieg ihr der Rum), und sie sprach zu mir
In sehr wehmütigem Tone:

»Ich werde alt. Geboren bin ich
Am Tage von Hamburgs Begründung.
Die Mutter war Schellfischkönigin
Hier an der Elbe Mündung.

»Mein Vater war ein großer Monarch,
Carolus Magnus geheißen,
Er war noch mächtger und klüger sogar
Als Friedrich der Große von Preußen.

»Der Stuhl ist zu Aachen, auf welchem er
Am Tage der Krönung ruhte;
Den Stuhl, worauf er saß in der Nacht,
Den erbte die Mutter, die gute.

»Die Mutter hinterließ ihn mir,
Ein Möbel von scheinlosem Äußern,
Doch böte mir Rothschild all sein Geld,
Ich würde ihn nicht veräußern.

»Siehst du, dort in dem Winkel steht
Ein alter Sessel, zerrissen
Das Leder der Lehne, von Mottenfraß
Zernagt das Polsterkissen.

»Doch gehe hin und hebe auf
Das Kissen von dem Sessel,
Du schaust eine runde Öffnung dann,
Darunter einen Kessel –

»Das ist ein Zauberkessel, worin
Die magischen Kräfte brauen,
Und steckst du in die Ründung den Kopf,
So wirst du die Zukunft schauen –

»Die Zukunft Deutschlands erblickst du hier,
Gleich wogenden Phantasmen,
Doch schaudre nicht, wenn aus dem Wust
Aufsteigen die Miasmen!«

Sie sprachs und lachte sonderbar,
Ich aber ließ mich nicht schrecken,
Neugierig eilte ich den Kopf
In die furchtbare Ründung zu stecken.

Was ich gesehn, verrate ich nicht,
Ich habe zu schweigen versprochen,
Erlaubt ist mir zu sagen kaum,
O Gott! was ich gerochen! – – –

Ich denke mit Widerwillen noch
An jene schnöden, verfluchten
Vorspielgerüche, das schien ein Gemisch
Von altem Kohl und Juchten.

Entsetzlich waren die Düfte, o Gott!
Die sich nachher erhuben;
Es war, als fegte man den Mist
Aus sechsunddreißig Gruben. – – –

Ich weiß wohl, was Saint-Just gesagt
Weiland im Wohlfahrtsausschuß:
Man heile die große Krankheit nicht
Mit Rosenöl und Moschus –

Doch dieser deutsche Zukunftsduft
Mocht alles überragen,
Was meine Nase je geahnt –
Ich konnt es nicht länger ertragen – – –

Mir schwanden die Sinne, und als ich aufschlug
Die Augen, saß ich an der Seite
Der Göttin noch immer, es lehnte mein Haupt
An ihre Brust, die breite.

Es blitzte ihr Blick, es glühte ihr Mund,
Es zuckten die Nüstern der Nase,
Bacchantisch umschlang sie den Dichter und sang
Mit schauerlich wilder Ekstase:

»Bleib bei mir in Hamburg, ich liebe dich,
Wir wollen trinken und essen
Den Wein und die Austern der Gegenwart,
Und die dunkle Zukunft vergessen.

»Den Deckel darauf! damit uns nicht
Der Mißduft die Freude vertrübet –
Ich liebe dich, wie je ein Weib
Einen deutschen Poeten geliebet!

»Ich küsse dich, und ich fühle, wie mich
Dein Genius begeistert;
Es hat ein wunderbarer Rausch
Sich meiner Seele bemeistert.

»Mir ist, als ob ich auf der Straß
Die Nachtwächter singen hörte –
Es sind Hymenäen, Hochzeitmusik,
Mein süßer Lustgefährte!

»Jetzt kommen die reitenden Diener auch,
Mit üppig lodernden Fackeln,
Sie tanzen ehrbar den Fackeltanz,
Sie springen und hüpfen und wackeln.

»Es kommt der hoch- und wohlweise Senat,
Es kommen die Oberalten;
Der Bürgermeister räuspert sich
Und will eine Rede halten.

»In glänzender Uniform erscheint
Das Korps der Diplomaten;
Sie gratulieren mit Vorbehalt
Im Namen der Nachbarstaaten.

»Es kommt die geistliche Deputation,
Rabbiner und Pastöre –
Doch ach! da kommt der Hoffmann auch
Mit seiner Zensorschere!

»Die Schere klirrt in seiner Hand,
Es rückt der wilde Geselle
Dir auf den Leib – Er schneidet ins Fleisch –
Es war die beste Stelle.«

CAPUT XXVII

Was sich in jener Wundernacht
Des Weitern zugetragen,
Erzähl ich Euch ein andermal,
In warmen Sommertagen.

Das alte Geschlecht der Heuchelei
Verschwindet Gott sei Dank heut,
Es sinkt allmählig ins Grab, es stirbt
An seiner Lügenkrankheit.

Es wächst heran ein neues Geschlecht,
Ganz ohne Schminke und Sünden,
Mit freien Gedanken, mit freier Lust –
Dem werde ich Alles verkünden.

Schon knospet die Jugend, welche versteht
Des Dichters Stolz und Güte,
Und sich an seinem Herzen wärmt,
An seinem Sonnengemüte.

Mein Herz ist liebend wie das Licht,
Und rein und keusch wie das Feuer;
Die edelsten Grazien haben gestimmt
Die Saiten meiner Leier.

Es ist dieselbe Leier, die einst
Mein Vater ließ ertönen,
Der selige Herr Aristophanes,
Der Liebling der Kamönen.

Es ist die Leier, worauf er einst
Den Paisteteros besungen,
Der um die Basileia gefreit,
Mit ihr sich emporgeschwungen.

Im letzten Kapitel hab ich versucht
Ein bißchen nachzuahmen
Den Schluß der »Vögel«, die sind gewiß
Das beste von Vaters Dramen.

Die »Frösche« sind auch vortrefflich. Man gibt
In deutscher Übersetzung
Sie jetzt auf der Bühne von Berlin,
Zu königlicher Ergetzung.

Der König liebt das Stück. Das zeugt
Von gutem antiken Geschmacke;
Den Alten amüsierte weit mehr
Modernes Froschgequacke.

Der König liebt das Stück. Jedoch
Wär noch der Autor am Leben,
Ich riete ihm nicht sich in Person
Nach Preußen zu begeben.

Dem wirklichen Aristophanes,
Dem ginge es schlecht, dem Armen;
Wir würden ihn bald begleitet sehn
Mit Chören von Gendarmen.

Der Pöbel bekäm die Erlaubnis bald
Zu schimpfen statt zu wedeln;
Die Polizei erhielte Befehl
Zu fahnden auf den Edeln.

O König! Ich meine es gut mit dir
Und will einen Rat dir geben:
Die toten Dichter, verehre sie nur,
Doch schone die da leben.

Beleidge lebendige Dichter nicht,
Sie haben Flammen und Waffen,
Die furchtbarer sind als Jovis Blitz,
Den ja der Poet erschaffen.

Beleidge die Götter, die alten und neun,
Des ganzen Olymps Gelichter,
Und den höchsten Jehovah obendrein –
Beleidge nur nicht den Dichter!

Die Götter bestrafen freilich sehr hart
Des Menschen Missetaten,
Das Höllenfeuer ist ziemlich heiß,
Dort muß man schmoren und braten –

Doch Heilige gibt es, die aus der Glut
Losbeten den Sünder; durch Spenden
An Kirchen und Seelenmessen wird
Erworben ein hohes Verwenden.

Und am Ende der Tage kommt Christus herab
Und bricht die Pforten der Hölle;
Und hält er auch ein strenges Gericht,
Entschlüpfen wird mancher Geselle.

Doch gibt es Höllen, aus deren Haft
Unmöglich jede Befreiung;
Hier hilft kein Beten, ohnmächtig ist hier
Des Welterlösers Verzeihung.

Kennst du die Hölle des Dante nicht,
Die schrecklichen Terzetten?
Wen da der Dichter hineingesperrt,
Den kann kein Gott mehr retten –

Kein Gott, kein Heiland erlöst ihn je
Aus diesen singenden Flammen!
Nimm dich in Acht, daß wir dich nicht
Zu solcher Hölle verdammen.

PARALIPOMENA ZU »DEUTSCHLAND EIN WINTERMÄRCHEN«

Abschied von Paris

Ade, Paris, du teure Stadt,
Wir müssen heute scheiden,
Ich lasse dich im Überfluß
Von Wonne und von Freuden.

Das deutsche Herz in meiner Brust
Ist plötzlich krank geworden,
Der einzige Arzt, der es heilen kann,
Der wohnt daheim im Norden.

Er wird es heilen in kurzer Frist,
Man rühmt seine großen Kuren;
Doch ich gestehe, mich schaudert schon
Vor seinen derben Mixturen.

Ade, du heitres Franzosenvolk,
Ihr meine lustigen Brüder,
Gar närrische Sehnsucht treibt mich fort,
Doch komm ich in Kurzem wieder.

Denkt Euch, mit Schmerzen sehne ich mich
Nach Torfgeruch, nach den lieben
Heidschnucken der Lüneburger Heid,
Nach Sauerkraut und Rüben.

Ich sehne mich nach Tabaksqualm,
Hofräten und Nachtwächtern,
Nach Plattdeutsch, Schwarzbrot, Grobheit sogar,
Nach blonden Predigerstöchtern.

Auch nach der Mutter sehne ich mich,
Ich will es offen gestehen,
Seit dreizehn Jahren hab ich nicht
Die alte Frau gesehen.

Ade, mein Weib, mein schönes Weib,
Du kannst meine Qual nicht fassen,
Ich drücke dich so fest an mein Herz,
Und muß dich doch verlassen.

Die lechzende Qual, sie treibt mich fort
Von meinem süßesten Glücke –
Muß wieder atmen deutsche Luft,
Damit ich nicht ersticke.

Die Qual, die Angst, der Ungestüm,
Das steigert sich bis zum Krampfe.
Es zittert mein Fuß vor Ungeduld,
Daß er deutschen Boden stampfe.

Vor Ende des Jahres bin ich zurück
Aus Deutschland, und ich denke
Auch ganz genesen, ich kaufe dir dann
Die schönsten Neujahrsgeschenke.

ZU CAPUT XXIII

– – – – – – – – – – – –

(Str. 22) Du suchst vergebens! Du findest nicht mehr
Die lange Male, die dicke
Posaunenengel-Hannchen, du findest auch nicht
Die Braunschweiger Mummen-Friedrike.

»Du suchst vergebens! Du findest nicht mehr
Den Schimmel, die falsche Marianne,
Pique-Aß-Luise, die rote Sophie,
Auch nicht die keusche Susanne.

»Du findest die Strohpuppen-Jette nicht mehr,
Nicht mehr die große Malwine,
Auch nicht die Kuddelmuddel-Marie,
Auch nicht die Dragoner-Kathrine.

»Das Leben verschlang sie, das Ungetüm,
Die unersättliche Hyder;
Du findest nicht die alte Zeit
Und die Zeitgenössinnen wieder!

»Seitdem du uns verlassen hast,
Hat manches sich hier verwandelt,
Es wuchs ein junges Geschlecht heran,
Das anders fühlt und handelt.

»Die Reste der Vergangenheit
Verwittern und verschwinden,
Du wirst jetzt auf der Schwiegerstraß
Ein neues Deutschland finden.«

Wer bist du – rief ich – daß du kennst
Die Namen jener Damen,
Die an des Jünglings Bildung einst
Den tätigsten Anteil nahmen?

Ja, ich gesteh, es hängt mein Herz
Ein bißchen an dem alten
Deutschland noch immer, ich denke noch gern
An die schönen verlornen Gestalten.

Doch du, wer bist du? Du scheinst mir bekannt,
Wie ein Bild aus alten Träumen –
Wo wohnst du? – kann ich mit dir gehn?
Laßt uns nicht lange säumen!

ZU CAPUT XXVI

I

– – – – – – – – – – –

Die Äser, die schon vermodert längst
Und nur noch historisch gestunken,
Sie dünsteten aus ihr letztes Gift,
Halb Tote, halb Halunken.

Und gar das heilige Gespenst,
Die auferstandene Leiche,
Die ausgesogen das Lebensblut
Von manchem Volk und Reiche,

Sie wollte noch einmal verpesten die Welt
Mit ihrem Verwesungshauche!

Entsetzliche Würmer krochen hervor
Aus ihrem faulen Bauche –

Und jeder Wurm ein neuer Vampir,
Der wieder tödlich gerochen,
Als man ihm durch den schnöden Leib
Den heilsamen Pfahl gestochen.

Es roch nach Blut, Tabak und Schnaps
Und nach gehenkten Schuften –
Wer übelriechend im Leben war,
Wie mußt er im Tode duften!

Es roch nach Pudeln und Dachsen und auch
Nach Mopsen, die zärtlich gelecket
Den Speichel der Macht und fromm und treu
Für Thron und Altar verrecket.

Das war ein giftiger Moderdunst,
Entstiegen dem Schinderpfuhle –
Drin lag die ganze Hundezunft,
Die ganze historische Schule.

2

»Es ist ein König in Thule, der hat
'nen Becher, nichts geht ihm darüber,
Und wenn er aus dem Becher trinkt,
Dann gehen die Augen ihm über.

»Dann steigen in ihm Gedanken auf,
Die kaum sich ließen ahnden,
Dann ist er kapabel und dekretiert,
Auf dich, mein Kind, zu fahnden.

»Geh nicht nach Norden, und hüte dich
Vor jenem König in Thule,
Hüt dich vor Gendarmen und Polizei,
Vor der ganzen historischen Schule.«

Alphabetisches Verzeichnis der Gedichtanfänge und -überschriften

INHALT

NEUER FRÜHLING

ROMANZEN

ZUR OLLEA

ZEITGEDICHTE

ANHANG

ATTA TROLL
EIN SOMMERNACHTSTRAUM

DEUTSCHLAND, EIN WINTERMÄRCHEN

Zu dieser Ausgabe

insel taschenbuch 1055
Heinrich Heine, Neue Gedichte

Der Text folgt der Ausgabe: Heinrich Heine. Sämtliche Werke. In zehn Bänden. Unter Mitwirkung von Jonas Fränkel, Ludwig Krähe, Albert Leitzmann, (ab Band 5:) Paul Neuburger und Julius Petersen herausgegeben und eingeleitet von Oskar Walzel. Insel-Verlag, Leipzig 1910–1920. Zweiter Band: Neue Gedichte. Herausgegeben von Jonas Fränkel, Insel-Verlag, Leipzig 1912.
Der Textkorpus wurde vom Textbestand her unverändert übernommen, jedoch unter Berücksichtigung der Korrekturen, die Jonas Fränkel in seine Handexemplare der Ausgaben von 1912 und von 1925 eingetragen hatte (Textkorpus: Unveränderte Orthographie der Ausgabe von 1912, mit Korrekturen im Handexemplar von 1912; Interpunktionsänderungen: gemäß der Nachträge im Handexemplar von 1912 oder, bei Differenzen zwischen den Ausgaben von 1912 und 1925, gemäß der Ausgabe von 1925 – die Zeichensetzung der Ausgabe von 1925 wurde nicht berücksichtigt. Die Fehlerberichtigungen der Anmerkungen folgen dem Handexemplar von 1912).
Der Insel-Verlag dankt Frau Dr. Bettina Fränkel und Herrn Dr. Salomo Fränkel für die freundliche Unterstützung.
Umschlagabbildung: Charles Meryon, Le Stryge.